鬼島くんに食べられたい

★

麻生ミカリ
Mikari Asou

Night Star Books

イラスト／れの子

第一章　なかったことにはできません

十二月は、好きじゃない。

そもそも冬が好きではないし、会社の忘年会も、雪で止まる電車も、クリスマスの幸せそうな恋人たちもぜんぜん好きではない。

実際はそこまで十二月を憎んでいるわけでもないけれど、今日は機嫌が悪かった。

西《にし》尾《お》紬実《つぐみ》の二十八歳の冬は、昨年に増して寒々しくなる予報が出ている。

思い起こせば、昨年秋。

三年つきあって、寝物語に結婚の話題まで出ていた元彼から突然、別れを切り出された。

その時点で泣いてすがるパワーも、仕事に支障が出るほど引きずる情熱も、紬実は持ち合わせていなかったのである。

彼をそれなりに好きだった。

ただし、単純に恋愛の温度が低い。

冬前に別れるというのは、その後の冬のイベントをひとりで過ごすことを約束される。

クリスマス、年末年始、バレンタイン、ホワイトデー。

冬は恋人たちのためのロマンチックなイベントが目白押しだ。

去年の冬は寒かった。そして今年の冬も、いっそう冷える。

――いいの。別に今、恋人は求めてないの。

なんなら、今年入った新入社員が未だにひとり立ちできていないほうが、紬実にとってはよほど大きな問題だ。

本社ビルの十四階にある広報部《こうほうぶ》のオフィスに向かって歩きながら、先ほどまでの会議を思い出してため息をつく。

件《くだん》のあまり出来がいいとは言えない新入社員、川谷《かわたに》が会議でボコボコにされているのをかばった。

それはいつものことだし、川谷も慣れている。なんなら紬実も慣れている。

しかし、いつも感じの悪いとある役員が、

『西尾さんは仕事できるけどさ、そんなに能力があると男が萎縮《いしゅく》しちゃうんじゃないの？』

と鼻で笑ったのが、紬実のイライラポイントだ。

いつも感じが悪いのだから、今日もいつもどおりだったとまとめることはできる。

それができないのが、十二月最初の金曜日。

今月の楽しみは、大学時代から続く友人たちとの忘年会しかない。

ほかはあまり嬉《うれ》しくない年末の忙《せわ》しない日々が続く。

一年の終わり、年の瀬、歳末、大売り出し。

無意識に立ち止まり、はあ、と大きなため息をついた。

――どうせわたしは、いつだってそれなりの人生だよ。

紬実の三十年弱の人生を語るときに、もっとも重要なワード。

それこそが「それなり」である。

昔から、背中にぴたりと寄り添う言葉だ。

『紬実はそれなりに美人なんだからさ』

『それなりの成績はあるんだけどな』

『いつも要領だけはそれなりにいいのに』

人生のすべてのタームにおいて、紬実は「それなり」と手をつないで生きてきた。

望んだわけではなく、勝手にあいつが付きまとってくる。

それなりにはそれなりの良さもあるし、普段はたいして気にすることでもないけれど、面倒な役員やセクハラクライアント、責任逃れする新人問題など何かあると妙に意識してしまう。

――元彼も言っていた。それなりにいい女。

思い出し憂鬱《ゆううつ》に、がっくりと肩を落とした。

パンプスを脱ぐと一六〇にギリギリ届かない、つまり身長もそれなりの紬実は、胸元までの茶色い髪を手で払う。

指先に、巻いた毛先がほんの一瞬絡んで、すぐにほどけていった。

そういえば、今朝は髪の巻き具合があまりよくなかったのを思い出す。

――よし。

こういうときは給湯室にかぎる。

顔を上げて、胸を張って。

手にしたタブレットを持ち直し、フロアの東側にある給湯室へ足を向けた。

紬実の働くアミジックビバレッジは、ビールやジュース、清涼飲料水、最近ではエナジードリンクを扱う業界屈指の大手企業だ。

特にビール製造販売においては、国内ビール売上トップ４の一角に数えられ、近年は業界第二位に安定している。

大学を卒業後、新卒で入社して六年。

入社以来、ずっと広報部に勤務する紬実には、先輩から引き継いだ逃げ場所があった。それが給湯室だ。

飲料会社であるアミジックビバレッジは、もう二十年前から社内のお茶出しという無《む》駄《だ》な業務が排斥されている。

代わりにドリンクコーナーが充実していて、ＩＣカード機能のついた社員証を自販機にかざすと、無料でドリンクが飲めるのだ。

利点でもあるけれど、逆を言えばいつもドリンクコーナーのある休憩所は混雑している。

そこで、来客用のお茶を準備する給湯室が人目につかない逃げ場になった。

誰にも会いたくないときは、給湯室がいい。

紬実も、自分の後輩に教えていることだ。

――五分だけストレッチしてからフロアに帰ろう。

湯気の出るヤカンのイラストプレートがついたドアに手を伸ばすと、中からガシャン、ガラガラ、カランと大きな音が聞こえてきた。

「えっ、何？」

反射的にドアを開ける。

すると、目の前にスーツ姿の男性がしゃがんでいるのが見えた。

視線を上げれば、シンク上の吊《つ》り戸棚が開け放たれている。

男性の足元に茶筒が転がり、茶葉が散乱していた。ごろりと転がっているのは急須だ。

「鬼島《きじま》くん、大丈夫？」

二年目の後輩、鬼島敦大《あつひろ》。

昨年、彼のＯＪＴを担当したのは紬実で。

――そういえば、ひとりになりたいときは給湯室がいいよって、鬼島くんには教えたんだった。

紬実より二〇センチは背が高く、すらりと手足の長い後輩。

彼が入社したとき、女性社員が皆、目を輝かせていたのは記憶に新しい。

真顔でいると少々目つきがきついものの、彼はいつだって優しく穏《おだ》やかに微笑《ほほえ》んでいる。

誰にでも親切で、声を荒《あら》げたりしない、感情の安定した人物だ。

笑うと目尻が下がるところがかわいいと評判の、広報部きっての美形社員。

そんな、温厚イケメンとして定評のある敦大が、長身を折り曲げてしゃがみ込む姿なんて初めて見る。

おそらく、吊り戸棚からものが落ちてきたのだろう。

怪我《けが》をしていなければいいが――

「西尾さん？　すみません、ちょっとこっちに来ないでもらえます？」

彼は顔を伏せ、右手で頭を押さえていた。

こっちに来るなと言われても、人がふたり入れば満員御礼の狭い給湯室だ。

紬実は後ろ手でドアを閉め、彼の様子を窺《うかが》う。

頭を押さえているということは、何か落ちてきたものがぶつかったのだろうか。

床に落ちているのが茶筒だけならさして心配するほどでもないけれど、急須の直撃は洒落《しゃれ》にならない。

「頭、ぶつけた？　見せて」

「いや、これは」

「怪我してたら大変でしょ。はい、手をよけて。先輩命令」

茶葉の散らばる床に片膝をつき、後輩の袖口をつかむ。

渋々といった様子で敦大が右手を下ろした。

「…………え？」

――何、これ。

すべらかな彼のひたいに、ふたつの突起がある。

髪の生え際から、直径一センチほどの円筒形に突き出たそれは、形容するならツノだ。

――パーティーグッズか何か？　コスプレとか？

「あ、もしかしてこれって、わたしを驚かせようとした？」

黙っている敦大を前に気まずくなり、紬実は右手を伸ばす。

よくできた玩具《おもちゃ》なら笑って終わる局面のはずだったが、心のどこかでわかっていた。

これは、本物だ、と。

肌とツノの境目あたりに触れた瞬間、

「あっ……！」

敦大が、聞いたことのない色っぽい声をあげる。

かすかに上気した肌、長い首を反らして顎を上げた姿は、ここが会社だというのを忘れさせる破壊力があった。

「え、えっと、これって……？」

触れている指先に、ツノがぐんと伸びるのが伝わってくる。

――生えてる。

どう考えても、あとからくっつけたものではない。

これは、彼のひたいから生えているのだ。

「すみません、さわられると伸びちゃうので……」

「あっ、そうなんだ？　わかった。ごめん！」

慌てて手を引いてから、考える。

触れられていると伸びてしまう、ツノ。

そんなもの、人間のひたいにありうるだろうか。

——ていうか、ツノ？　鬼島くんって、人間じゃない……？

あまりに非現実的な状況を前に、紬実は逆に落ち着いていた。

こういう場合でも、「それなり」に冷静な判断ができるところが紬実らしい。

「こっち来ないでって言ってたのに、ごめん」

それ以上は、何も言えなかった。

「……放っておけば、数分でもとに戻ります」

「そっか。じゃあ、わたしは出てるね。一応確認なんだけど、お茶を出すために給湯室に来てた？もし来客中なら、お茶出しして間つなぐけど」

「いえ、違うので大丈夫です」

「了解」

とりあえず、ほかの誰かが給湯室に来たら困る。

廊下に出た紬実は、ドアを閉めて門番よろしく、そこに立っているしかできなかった。

もともと、あまり人が来ない場所だから逃げ場所にしているのだ。

見張り番なんていなくても、誰も来ないかもしれない。

——あのツノって、鬼みたい、だった。

ありえないとわかっていても、目の前で見て、触れた。

それはあるかないか考えるものではなく、現実に存在していた。

鬼なんていないことを当然知っていて、それでもほかに表現するものを知らない。

もしかしたら、敦大はなんらかの特異体質なのだろうか。

それとも、そういう病気ということは？

——いや、常にコブみたいに出っ張っているならともかく、出たり引っ込んだりするなんて体質は……

子どものころに読んだ絵本の鬼とも違っている。

ツノの生えた生き物なら、ほかにウシ、シカ、キリン、サイ。

サイは正しくはツノではないと聞いたことがあるような気がする。では、敦大のあれもツノと見せかけて何か別の——

「西尾さん、すみません。もう大丈夫です」

背後でドアが開き、穏やかな声が鼓膜を震わせた。

彼はとてもやわらかく、あたたかみのある声の持ち主だ。

それが、温厚イケメンと呼ばれる所以《ゆえん》のひとつでもある。

振り返ると、ツノが生えていたなんてまったく思えない、すべらかなひたいの敦大が立っていた。

「よかった。じゃあ、仕事に戻る？」

覗《のぞ》き込んだ給湯室の床は、きれいに掃除が終わっていて。

今の短い時間で、彼が茶葉を片付けていたことにも驚きだ。

「何も訊《き》かないんですか？」

「んー、気にならないと言えば嘘《うそ》になるけど、知らなくても困らないから」

紬実の言葉に、彼は嬉しそうに微笑む。

毛先にふわりとアレンジの効いた黒髪が、美形の精悍《せいかん》な輪郭を彩《いろど》っている。

「西尾さんらしいですね」

「どういう意味で？」

「なんとなく、ですよ」

——まあ、わたしが面倒くさがりなのはわかってる。

それなりで、面倒くさがりで、恋愛からも遠ざかっていて、後輩からもそんなところを「西尾さんらしい」と言われているのなら、なんとも情けない。

けれど、紬実の長所はそういうことを全部まとめて「まあいっか」と片付けられるところでもあった。

考えても仕方ないことを考えて、なんの意味があるというのか。

だったら考える時間を、ほかのことに使ったほうがいい。

「さ、仕事しよっか」

「西尾さん」

歩き出した紬実の手首を、強すぎず弱すぎず、絶妙な力加減で敦大がつかんだ。

じん、と肌が熱くなる。

——え、わたし、欲求不満すぎない？　たかがこれだけで、何をドキッとしてるの。

「うん、何？」

「すみません。よければ一度、この件に関してゆっくり説明をさせてもらえませんか？」

何かしらの事情があるのは、考えなくてもわかる。

けれどその事情については、考えたところでわからない。

だから、考えるのをやめる。

紬実の結論に、敦大は違うアプローチをしようとしていた。

——わたしは知らなくても困らないけど、鬼島くんは説明しておきたいってことなんだろうな。

だったら、それはそれで。

「うん、わかった。いつがいい？」

「今日だと、ご都合は」

「わたしはたぶん、定時で上がれる。鬼島くんは？」

「僕も定時の予定です。会社の前のコーヒーショップで待ち合わせはどうでしょう」

「わかった。それじゃ帰りに」

今度こそ、ふたりは広報部のフロアに戻る。

会社員は勤務時間内に、ツノの存在について考えている余裕はない。

十二月ならば、なおさらのことだ。

広報部のフロアにつながるドアの前で、敦大が立ち止まった。

お先にどうぞ、と彼の目が告げている。

小さく「ありがとう」と声に出し、紬実はドア横の認証システムに社員証をかざした。

「西尾さん、さっきはすみませんでした！」

メンタル弱めの新入社員、川谷が慌ててこちらに駆けてくる。

「ぜんぜん。川谷くん、今日はずいぶんがんばってたと思うよ。その調子でいこう。ね！」

「……はい、そうですね」

慰《なぐさ》め待ちの姿勢を笑顔でかわし、紬実は自分の席に戻った。

——鬼島くんと待ち合わせ、ね。

小さな苛立《いらだ》ちのことも忘れて、タブレットをデスクの充電器に戻す。

まだ、今日の定時までは四時間もあった。


アミジックビバレッジは、とある大手持株会社が百パーセント出資している子会社だ。

もともとは明治初期、まだ日本にビールという飲料がほとんどなかったころにビール会社として設立された。

昭和になってから外資の金融機関と提携し、現在は食料品、医薬品等の製造販売も手掛けている。

国内では名前を知らない者のいないほど、有名企業だ。

そんなアミジックビバレッジの広報部に、とにかく顔のいい男性がやってきたのは去年の春のことだ。

鬼島敦大は、一八〇センチの長身に細く長い首と、モデルもかくやという小顔の持ち主である。

最初は外見だけが先行して話題になったが、彼がどんなときでも穏やかに微笑んでいることや、誰に対しても態度を変えることなく接すること、そしていつだってやわらかな声音で丁寧に話すことから、いつしか『広報部の温厚イケメン』という呼ばれ方が定着した。

仕事がどんなに忙しくても、面倒を押しつけられても、仕事相手が理不尽でも、彼はいつも穏やかだ。

だからこそ、老若男女からモテる。

けれど、モテはするけれど特定の相手を作らない。

なんなら、作っていても周囲にバレないように徹底しているのかもしれない。

紬実がＯＪＴ担当をしたときから、彼は勤勉だけど真面目すぎず、人当たりはいいけれど適度な距離感を保つことのできる青年だった。

今年のバレンタインに、彼の同期の女性社員たちがこぞってチョコレートを持ってきたとき、微妙に空気が悪くなったのだが、

「こんなにチョコレートをもらう機会なんて、人生最初で最後かもしれない。みんなありがとう」

と丸く収めるのを見た。

ただ優しいだけではない。彼はデキる男だ。

敦大がいると、場が和むのである。

そういえば、広報部の飲み会でカレーに何をかけるか論争が白熱したときも、ソース派、醤油派、マヨネーズ派、タバスコ派、納豆派の中に、「僕は目玉焼きをかけたいです」と言って切り込んで、一瞬で全員に「それな！」と言わせていた。

当たり前のことを当たり前のように言える。

それは、敦大の魅力のひとつなのだろう。

同時に、彼が困っているなら万難を排して助けてあげようという人間がたくさんいる。

紬実だって同じだ。かわいい後輩を助けたい。

問題は、彼を困らせているのが、見られたくない姿を無理やり暴いてしまった自分だということだった。


定時で仕事を終えた十二月二日、金曜日。

十八時を回った東京《とうきょう》都中央区の、本日の最高気温は二〇度だ。

暦《こよみ》の上では確実に冬なのに、近年の温暖化には洋服選びで苦労させられる。

アミジックビバレッジ本社ビルは、ＪＲ中野《なかの》駅から徒歩四分の便利な立地にあった。

駅からビルまでは、毎朝アミジックの社員たちが列を成して歩いていく。

そのビルの正面に、道路を挟んで飲食店が並んでいる。イタリアン、定食屋、寿司屋、インドカレー屋に居酒屋も数店。

待ち合わせは、テラス席のあるコーヒーショップだ。

朝はけっこう気温も低かったので、今日は薄手のコートとマフラーを持ってきている。

――さすがにマフラーはちょっと暑すぎるんだよね。

なんならコートもいらないくらいの夕暮れに、紬実は横断歩道を渡った。

店の入り口付近に、長身の背中が見える。

「中で待っててよかったのに」

そう言って背中をぽんと叩《たた》くと、彼はゆっくり振り返った。

店頭の鮮《あざ》やかなライトアップが、赤と緑のクリスマスカラーになっている。

毎日、この店を横目に見ていたはずだが、こんなに季節感のある照明だったのは初めて知った。

「いえ、西尾さんを待たせるのは違うので。行きましょうか」

「え、うん」

――お店で話すんじゃないの？

予想と違って、敦大は駅方面に歩きはじめる。

たしかに、ここには同じアミジックの社員たちがたくさんいておかしくない。

わざわざ時間を取って話そうというのだから、人に聞かれて平気なわけではないのだろう。

「どこに行く？」

「よければ、うちでどうですか」

「……んー」

返事を濁《にご》したのは、よく見知っている後輩だからといって、男性の部屋に上がるのは迂闊《うかつ》すぎることを知っているからだ。

二十八歳、そのくらいの危機管理はできる年齢だと自分では思っている。

「西尾さん、たしか平井《ひらい》でしたよね。うちは市ヶ谷《いちがや》なんです」

同じＪＲ総武線沿線ではあるが、家賃相場は大きく違う。

「なんで知ってるの？」

「なんでって、飲み会のあとに同じ電車で帰ったことが何度あると思いますか？」

質問に質問で返しながらも、彼はふふ、と楽しげに笑っていた。

あまり警戒するのも失礼だとわかるから、返答に詰まる。

「人に聞かれない場所ならカラオケとかは？」

「うちのほうが落ち着いて話せますよ。西尾さんが、男の部屋に上がると彼氏とケンカになるというのなら――」

「……いないよ」

「僕もいません。おそろいですね」

いい笑顔でそう言われては、これ以上拒絶しにくい。

――仕方ない、か。

「わかった。あまり長い時間はムリだからね」

「はい。ビール買います？」

「いや、今日はいいよ……」

ビールを社の主力商品として取り扱うふたりは、市ヶ谷駅を出てから通り道のコンビニでお茶のペットボトルを買った。

駅から徒歩六分。真新しいマンションは、外から見てもバルコニーが広い造りだとわかる。

四階にある敦大の部屋は、外観から想像する以上に——

「成功者の部屋だ」

動画や雑誌に紹介されていてもおかしくない、完全にモデルルームのような内装とインテリアの、つまり紬実からわりと遠く離れたセレブの部屋だった。

——なんで入社二年目でこの部屋？　もしかして鬼島くんって、どこぞの御曹司？

変形で十五から二〇畳はありそうなリビングダイニングには、壁一面の大きな窓がある。

その前に、ひとりがけのソファがふたつとロースツールがひとつ、間に丸いガラス天板のテーブルを挟んで並んでいた。

ダークブラウンとグレーを程《ほど》よく配置したキッチンカウンターと、その隣の高級そうなグラスが飾られたカップボードは、二十四歳の男性の部屋とは思えない。

「グラス、持っていきます。座っていてください」

「あ、うん。ありがとう」

買ってきたペットボトルのお茶を、彼はグラスに注いで飲むのだろう。

紬実は、口をつけて飲める。グラスなんて必要ない。

――とは、言えない部屋だなあ……

この部屋で、飲料のボトルに口をつけて飲むのは無礼者のすることだ。

すぐにグラスがテーブルに置かれ、さあ話が始まるかと思いきや、敦大はキッチンに戻ってコーヒーを淹れている。

軽く話して帰るつもりが、妙にもてなされてしまって据《す》わりが悪い。

「今日は暖かいですけど、よければ」

「ありがとう。いただきます」

テーブルに置かれたコーヒーを、遠慮なくひと口。普段、会社のドリンクコーナーで買うドリップコーヒーとは雲泥《うんでい》の差だ。言うまでもなく敦大の淹れてくれたコーヒーが雲である。

やっと隣のソファに腰を下ろした彼は、いつの間にかスーツのジャケットを脱いでいた。

――あ、ベスト。

敦大は、秋冬にスリーピースのスーツを好んで着ている。

最近だと、ダブルのベストを着ているのが印象的だったので、よく覚えていた。

「そうしてると、腕の長さが際立つね」

「そう、ですか？」

言われて、彼は自分の両肩あたりを確認する。

なるほど自分ではわからないものなのかもしれない。

「それで、話って何かな」

「あ、はい」

ふたりの間を、コーヒーの湯気がくゆる。

緩やかに室内に満ちていく香りが、かすかな緊張感を誘った。

「まず、今日は驚かせてしまって申し訳ありませんでした」

「え、あ、うん。こっちこそごめんね」

「もうお気づきかもしれませんが、僕は鬼なんです」

——お気づきじゃないですけど⁉

ド直球、しかもなかなかの剛速球を前に、紬実は息を呑《の》む。

だが、おそらくこの会話はこんな序盤で躓《つまず》いていては進まない。

得意の能力「気にしない」の発動タイミングだ。

「待って、そこからわかってないんだけど。鬼って、あの鬼？」

一応整理するために確認すると、敦大は「はい」と頷《うなず》く。

「おそらく、その鬼です。日本には昔から鬼と呼ばれる人間がいました。僕が知る鬼というのは、普段は人間となんら変わらない生活をしています」

「鬼島くんみたいに？」

「そうです。現在、東京近郊には政府が把握しているだけで百名前後の鬼が暮らしています。およそ一三〇〇万人にひとりの割合で生まれる隔世遺伝です。昔はわかりませんが、現在だと純血の鬼というのは存在しません。人と混ざった結果、隔世遺伝的に鬼要素を持つ者が生まれてきます。海外にいるかどうかは、僕たちには知らされていません。おそらく海外でも、日本に鬼がいるということを知らないんでしょうね」

「おに……」

一気に説明されて、紬実の処理能力が追いつかない。

そもそも政府が鬼を把握しているというのは、なんの冗談だ。

この国には、自分たちが知らないだけでずっと鬼が生きていた？

――昔話の鬼が、実在する。

それも、今まで毎日同じ会社で働いていた後輩が、鬼だという。

「うん、わかってない。なので、質問いいかな」

「どうぞ」

「政府が把握してるっていうのは、どういう意味？」

鬼が実在するというのは、今さら疑う話ですらなくなっている。

ならば、日本政府がどう関わっているのか。そのあたりが、混乱を招く原因だ。

「それを説明するに当たって、まず鬼の特徴から順番に説明してもいいですか？」

「うん、お願いします」

両手を膝の上に置き、校外学習で説明を受ける小学生よろしく、紬実は真剣に耳を傾《かたむ》けた。

「特徴といっても、普段は完全に人間と同じにしか見えません。病院で血液検査をしても、精密検査をしても、区別がつかない。ただし、怪我や病気が治るのが一般的に人間よりも少し早いと言われています。ほかには運動能力が高く、体力がある。筋力も発達しやすいです」

――そこだけ聞くと、アスリートの才能がある、くらいの話に聞こえるけど……

「人と違うのは、興奮状態になるとツノが出ることです」

「今日の、あれ？」

「そうです。あれです」

敦大が、困ったように微笑む。

ふたりきりで、ロマンチックな彼の部屋で。

こんな魅力的な笑みを見せられたら、きっとたいていの女性が胸をときめかせる。

ただし、今の紬実にはそんな余裕はなかった。

――ということは、あのとき、鬼島くんは興奮状態だったの？

さすがに、そこまで直接的には聞きにくい。

興奮状態というのは、いろいろな内容を含有している。

「感情が大きく動くとか、びっくりする、恐怖する、命の危険を感じる、といった場合も同様で、ツノが生えます。ただ、その手のことと少し違うのが――」

「違うのが？」

一拍おいて、敦大が表情を変える。

――え……？

柔和な笑みが鳴りを潜《ひそ》め、見たことのない黒い笑顔が現れた。

思わず、呼吸すらも忘れる。美しくて、美しすぎて、ぞっとするような微笑だ。

「性的に興奮した場合ですよ。その場合、達するまでもとに戻りません」

「たっ……!?」

性的な興奮と、その果て。

具体的な言葉を使わなくても、敦大が何を指しているのかはすぐにわかる。

それがあまりに——温厚イケメンから程遠く、紬実はどんな顔をしていいのか困惑した。

「……それは、ずいぶんと大変そうだね」

かろうじて言えたのは、毒にも薬にもならない感想で。

「はい、なかなかに」

そもそも人間は、生きていれば欲求不満の時期だってあるだろうし、好きな人としたいと思うのはなんらおかしいことではない。生理現象のひとつだ。

——でも、鬼島くんの口から性的な興奮なんて聞くと、こんな話をさせて申し訳ない！

ブラック敦大の笑顔には気づかなかったことにして、紬実はコーヒーを飲んだ。

「なので、僕たちは鬼と認定されたら、人間社会で暮らしていける状態になるまで政府の準備した鬼育成タウンで暮らすことになります。たいていは出生直後の泣いている状態でツノが生えるため、そこで鬼だと発覚します。まあ、政府は過去に鬼が生まれた家系というものをすべて把握していますから、その家系の者が出産するとなると病院に手を回しておくんです。これだけでもかなりの出費ですよね。僕たち鬼は、日本という国に生かしてもらってるんです。政府がすべての鬼を把握して、管理するというのは、そういう意味です」

なるほど、と心の中で感嘆する。

隔世遺伝というからには、基本的にその血筋に鬼が生まれてくるという話だ。

その子孫すべてを網羅《もうら》し、妊娠、出産を調査しつづけ、生まれた子どもが鬼かどうか確認する。

「……でも、それは生きていくのに必要なら当たり前のことじゃないの？」

彼の「国に生かされている」という発言に、紬実は小さく反論した。

広義の意味でいうならば、紬実だって同じだ。

日本という国に守られ、生かされている。

「そう言ってもらえるのは、嬉《うれ》しいですけどね。すべての人に理解してもらえることではないので、やはり秘密裏に鬼たちは生かしてもらっているんですよ。そもそも、乳児の時点で鬼だと判明したら、生計をともにする家族は全員そろって鬼を育成するための政府が用意した街に引っ越しを余儀なくされます」

それまでずっと平坦な口調だった敦大が、かすかに痛みをこらえるような声をもらした。

「鬼の子どもを育成するために、街を作ったってこと？」

新生児を家族から隔離するのではなく、家族も含めてサポートする。

そう聞いて、少しだけ安堵の気持ちがわいた。

同時に、家族の仕事や学校はどうするのだろうと疑問も浮かぶ。

紬実の気持ちを的確に読み取り、彼は説明を続けた。

「そうです。もちろん、仕事や学校には影響が出ないよう、その街から通勤通学も可能です。鬼である当事者は、物心つく前から鬼のために設備が整った場所で暮らし、そこで人と違うことを学習していくんです。人前で怒ってはいけない、感情的になってはいけない、暴力を振るってはいけない、興奮してはいけない。特に性的な興奮は、決して人前でしないようにと、きつく言い含められます」

性的興奮は、鬼でなくともひとりのときにしてほしい。

それはそれとして、感情を平坦に生きていくというのは難しいことだ。

――ああ、そうか。それで鬼島くんは『温厚イケメン』なんだ。

彼もまた、鬼として制限された感情の発露を学んできたということになる。

「悲しそうな顔をしないでください。人間とは違う性質を持っているからこそ、人間社会で暮らすために学習が必要なんです。現に、僕はアミジックに就職してから二年間、問題なく暮らしてきたでしょう？」

「うん、そうだね」

子どものころから、心を平たくしていなくてはいけない。

ある意味で、虐待に近い。感情の強制的な矯正。

「じゃあ、さっきの東京近郊に百人くらいいって言っていたのは」

「はい。政府が管理する上で、最低限幼少期は東京付近で暮らすことを余儀なくされます。大人になってからも、できるかぎり関東からは離れないよう言われますね」

「海外旅行とか、留学とかはできるの？」

「できますよ。ただ海外移住は、もしかしたら難しいかもしれませんね」

全国で、観測されている数が百名程度。

希少な種族であることは間違いない。しかも、本人たちはそれを明かさないよう、じっと息をひそめて生きているのだろう。

――距離感。

ふと思い出す。

敦大は、親しみやすい人物なのにある程度の距離感を保った人という印象があった。

それこそが、彼の境界線だったのかもしれない。

ある一定の距離から、相手に気づかれずに他者の侵入を阻止する。

そうやって、生きてきたのだ。

「まあ、家族への教育と、鬼本人への教育が完了すれば、もとの生活に戻ることが可能です。たいていは十歳前後で人間社会に戻り、人と生活することになります」

「鬼島くんは何歳まで、その鬼の育成の街にいたの？」

「僕は九歳でした」

小学校三年か、四年。

「そっか。大変だったんだね」

「はい、それでですね」

敦大が、ずいと身を乗り出してきた。

目があまり笑っていない。

——え、何？

急に距離を詰められて、紬実はかすかに身を引く。

「実は、ここまですべてお話ししたのには理由があります」

「うん？」

彼のツノを見てしまったから。

それについては、自分に責任がある。

だからこうして部屋についてきて、話も聞いた。

だが、話したことに理由があるというのはどういう意味だろう。

無意識に、喉がごくりと空気を呑む。

「今の話からお察しかもしれないんですが、僕たちは鬼であることを明かしていいのは特定の相手のみなんです。家族以外に知られた場合、政府による再教育を受ける義務があります。おそらく、会社も辞めることになるでしょうね」

「えっ、そうなの？　じゃあ、どうして話したのよ」

——全部聞いちゃったんだけど⁉

会社を辞めるというのは、穏やかな話ではない。

彼の人生を左右することになるなんて、思いもしなかった。

「ちなみに僕は罰としての再教育を受けますが、知ってしまった人、つまりこの場合でいうと西尾さんにも一年間、週二回の教育という名のほぼ洗脳が行われます」

洗脳なんて、日常生活で耳にする言葉ではない。治安は失われた。こんにちは、ディストピア。

「こ、困るって、そんなの」

ソファからバッと立ち上がると、煉瓦《れんが》色のスカートの裾が揺れた。

「そうですよね。ですので、僕の――」

「わかった。鬼だってことは忘れる。今日のことは全部忘れる。わたしは何も見ていない」

右手を握りしめ、紬実は大きく頷いてみせる。

わたしは誰にも明かしませんよ、という安心感ある笑顔を目指したが、おそらく表情はこわばっていたことだろう。

「いえ、そういうわけにはいきません」

「大丈夫。今日のことはふたりの秘密にしよう。わたしは誰にも言わない。鬼島くんも当然、誰にも言わないでしょ？　だって、鬼島くんは今の仕事を辞めたいわけじゃないだろうし」

紬実の言葉に、敦大が一瞬目を瞠《みは》った。

すぐに驚きを隠して、彼が平静を装う。

「……なぜ、僕が仕事を辞めたくないと思ったんですか？」

「？　逆に、あれだけがんばってるのに仕事を辞めたいと思っているほうが不思議じゃない？」

彼が有能であることは知っているが、実際に仕事で結果を残してきたのは努力なしに語れない。

入社したときから知っている。

コミュニケーションスキルが高くて、嫌な仕事相手にも愛想よく、困っている同僚がいれば手を貸し、資料作成も領収書の整理も期限を守って――サウイフモノニワタシハナリタイ。

そんな敦大が、仕事を辞めたいわけがないのだ。

むしろその状況で仕事を辞めたいと思っているなら、相談のひとつもしてほしい。

「ありがとうございます」

「うん、え、何が？」

「秘密です」

嬉しそうに目を細めて、彼が笑う。

心臓に見えない矢が刺さった気がした。

――破壊力、すごい。

棒立ちの紬実は、右手で心臓のあたりをさする。

指腹が、自分の鼓動を伝えてきた。

全力疾走直後に近いほど、心拍数が上がっている。これが温厚イケメンの笑顔の力だ。

「西尾さんがそんなふうに思ってくれているなら、もっとがんばらないといけませんね」

「あのね、わたしと関係なく仕事はがんばってね。まあ、今だってじゅうぶんがんばってるのは知ってるけど」

「俺のことを、見ていてくれたんですか？」

まっすぐな目を向けられて、妙に気恥ずかしい気持ちになる。

敦大に気をかけて見ていたわけではないけれど、初めて新人研修を担当した後輩だから特別扱いしていないとは言いにくい。

「西尾さん」

袖口を、くいと引っ張られる。

「一応、こっちは鬼島くんの新人研修の担当だったんだから。手を離れたあとだって、知らんぷりはできないんだよ？」

――言い訳じみてる。

自分でもそう思う。

出来のいい後輩である敦大には、先月も紬実の取引先を担当交代したばかりだ。

二年目にして、すでに新人とは思えない仕事をこなす彼。

「先輩が優しいおかげで安心して仕事ができます」

窓の外は、夜空に雲がかかっている。

十二月初旬の東京は、まだ本格的な冬というほどの寒さは訪れていない。

けれど、心に何かが降り積もる。たぶん、雪ではない何か。

鬼が出るか蛇が出るか。

今、紬実の前には鬼の美青年が微笑んでいる――

敦大の部屋で一時間ほど職場の話題で談笑し、気づいたときには二十時を回っていた。

こうして一緒にいると、彼が鬼だということを忘れる。口先だけではなく、ほんとうに忘れてしまう。

問題解決は、できた。

少なくとも紬実はそう思っている。

彼の秘密については口外無用、誰にも言わない、忘れると約束をした。

「外、けっこう気温が下がってるみたいですよ。マフラーして帰ったほうがいいんじゃありませんか？」

「そうかな。さっきはまだ暖かかったけど、寒くなったのかな」

コートに袖を通し、首元にマフラーを緩く巻いて。

「はー、十二月かあ」

玄関のパンプスに足を入れたタイミングで、体がぐらりと傾いた。

「わっ！」

「危ない！」

カタン、と細いヒールのパンプスが倒れる音がする。

うしろに大きくバランスをくずした紬実を、バックハグの要領で敦大が支えてくれた。

――ああ、危なかった。

と、思った瞬間。

もっと危ない状況に、おそらくふたりとも同時に気づいた。

彼の右手が右胸を鷲掴《わしづか》み、左手がめくれたスカートの下、左の内腿をつかんでいたのである。

「っっ……！」

しかも、シューズクローゼットに備え付けの天井まである大きな鏡に、ふたりの姿が映し出されていた。

――わたし、なんて格好を……

倒れそうになったところを助けてもらった。それだけのことのはずなのに。

鏡に映るふたりは、獣《けもの》のように体を求め合う男と女にしか見えなかった。

「あの、ごめん、ありがとうっ」

「……っ、西尾さん、俺……」

体をよじって逃げ出そうとした紬実を、敦大がより強く抱きしめてくる。

――俺……？

いつも仕事中は一人称が『僕』の彼が、ひどくかすれた声を発した。

耳元に吐息がかかり、肩がびくんと震えてしまう。

「鬼島くん……？」

鏡越しに見つめた先、敦大のひたいに二本のツノが生えてきているのがわかった。

『性的に興奮した場合ですよ。その場合、達するまでもとに戻りません』

脳裏に、つい先ほど聞いた彼の言葉がよみがえる。

胸を包み込む右手が、乳房のかたちを確かめるように蠢《うごめ》いた。

――これって、鬼島くんは興奮しちゃったってこと？　しかも、性的に！

だとしたら、性的に達しなくては彼のツノはもとに戻らない。

「き、鬼島くん、落ち着いて。とりあえずこの手を離して――」

「嫌だ」

「え、ちょ……っ……、んんっ！」

強引に体を反転させられ、鏡に背を押しつけられた。

――息、が。

唇を塞《ふさ》ぐのは、敦大の唇。

「ん、ふ……っ」

どん、と右拳で彼の胸を軽く叩く。

抗《あらが》う紬実をねじ伏せるように、舌が口腔に割り込んできた。

――ウソでしょ？

「っ……ふ、ぁ……ッ」

顔の角度を何度も変えて、敦大はキスを深めようとする。

気づけば右手首を大きな手で握られていた。

ちゅ、ちゅく、と水音を立てて、ふたつの唇が何度も重なり合う。

その間も、敦大の舌が紬実の舌を追いかけてきて、逃げ場のないまま口の中に螺旋《らせん》を描かれた。

「は、ぁ、っ……」

「西尾さん、声、エロすぎますよ」

「な、そっちが……んぅっ……」

歯列をねっとりと舐《な》められて、膝の力が抜けそうになる。

執拗なキスに、脳まで届く甘い刺激。

大人のくちづけは、ただ唇を合わせるだけでは終わらない。それを実感させられる、淫靡《いんび》な舌使いに体が反応していく。

――どうして、鬼島くんとキスなんて。

自分の心臓の音が、喉元までせり上がってきた。

目を開けていられない。

「西尾さん」

かすれた声で名前を呼ばれる。

いつものやわらかな声とは違って、ひどく扇状的《せんじょうてき》だった。

心の深い部分をざらりと撫《な》でられる感覚がする。

――ツノ、が。

「……っ、西尾さん」

ひたいから、そそり立つ二本のツノを凝視し、紬実は口をはくはくと開閉した。

「んっ、待っ……」

再度キスで襲われて、言葉の続きは奪われる。

脳まで蕩《とろ》ける淫《みだ》らなキスは、紬実の理性を踏み荒らしていく。

――おかしくなる。もうずっとキスも無縁の生活だったのに。

太腿の間に敦大の膝が割り込んで、くずれおちそうな体を支えていた。

けれど、それは紬実の動きを封じる楔《くさび》でもある。

「ん、ぅ……っ！」

ニットとキャミソールが、胸の上まで押し上げられる。

――キスだけじゃないの⁉

ブラが剥《む》き出しになり、紬実は逃げようとたたらを踏んだ。

「逃がさない」

「や、ぁ……、ダメ……！」

めくり上げられたスカートの下、ストッキングが強引に引き下ろされる。

太腿に冷たい空気を感じて、彼の胸を押し返す手に力を込めた。

――ぜんぜん、びくともしない。

細身に見える敦大だが、密着していると彼の体がしなやかな筋肉に覆《おお》われているのがよくわかる。

素肌の脇腹を撫でられて、喉の奥がぎゅう、と狭まる感じがした。

——これは……ヤられる、絶対にヤられる！

さすがに後輩とそんな関係になったら気まずい。

相手だって気まずいに決まってる。

性欲に流されるには、ふたりは距離が近すぎた。

「ダメ、もう……」

「駄目じゃないよ。紬実さんだって、感じてる」

名前で呼ばれると、いっそう心が感じてしまう。

たかがキス、されどキス。

本能にしたがうならば、このまま抱かれてしまいたい。

そんな自分の淫らな欲求を、必死でせき止めた。

「わたしたち、これからも同じ職場で働くんだよ。こんなことしたら……」

「どうなるのか、教えて」

首筋にかかる吐息が、熱を帯びている。

「っっ……、や、あっ、どこさわって……⁉」

胸元に指を感じて、紬実は必死に体をよじった。

「ねえ、紬実さん。こんなことしたら、どうなっちゃうのか、ちゃんと俺に教えてよ」

——キャラ違うって！　鬼モードだと、口調も違うってこと？

は、は、と息が上がる。

こらえようにも、彼だけではなく自分もまた体の奥から情欲《じょうよく》が全身に広がっていき、力が入らなくなっていた。

じりじりと伸びているひたいのツノは、五センチもあるだろうか。

鼠径部《そけいぶ》に、当たっているのは——間違いなく、アレだ。

——こっちも鬼モードってこと!?

なんにせよ、逃げられる状況ではない。

性的に満足すればツノは戻る。ならば、おひとりさまプレイでご満悦くださいと言いたいところだが、自分にも責任があるのは否《いな》めなくて。

——ああ、もう！

「わかった。先輩に任せて！」

「……何をです？」

「鬼島くんの鬼モードだよ」

目線を彼の腰に落とす。

それを追って、敦大の目線も同じところに向かう。

偉そうに、彼の股間を鬼モードと言っておいて、紬実はその危険性に目を丸くしていた。

——想像以上に……鬼なんですけど!?

玄関の白いタイルに膝をつき、シューズクローゼットに背をもたせた敦大と向かい合う。

ベルトをはずすために伸ばした両手は、指先がかすかに緊張していた。

考えてみれば、こんなことをするのもずいぶん久しぶりだ。

過去につきあった男性は四人。

高校時代にふたり、大学でひとり、社会人になってから――去年別れた元彼で、合計四人いたけれど、自分から何かしてあげることは少なかった。

――それなのに、つきあってもいない鬼島くんにこんなことするなんて、わたしもどうかしてる。

シューズクローゼットのスライドドアの横に、大きな鏡。

そこに、自分の姿が映っていた。

コートは脱ぎ捨て、乱れた衣服のままで敦大のベルトをはずしていく。

何をしているのかと問われれば、答えようがない。

「紬実さん、焦《じ》らしてる？」

「っっ……てない」

ぐいとベルト穴から美錠《バックル》を抜き取り、ファスナーを下ろした。

ボクサーパンツを突き上げる陰茎が、服の上から見たときよりも大きい。

布越しに、軽く撫でてみる。斜め左に反り返るものが、紬実の手に触れてびくんと震えた。

――こんなに大きくて、ちゃんと挿入できるの？

意を決して取り出してみれば、ぶるんと鎌首をもたげるものが姿を現す。

「手と、口で」

言いながら、右手を輪のかたちにして根元を握った。

予想はしていたが、まったく握りきれない。

親指と人差し指の間がゆうに三センチ以上、開いていた。

「手、思ったより小さいですね」

敬語になったり、そうでなくなったり。

アンバランスさが、こんなに魅力的な男を紬実は今まで知らなかった。

紬実の手の上から、敦大が手を重ねてくる。

「鬼島くんの手が大きいんだよ」

「そうかな?」

腕と脚が長いのは知っていたけれど、指もすらりとしている。

「かわいい」

彼の手が、頭に移動した。

——なんで?

上目遣いで根元をぎゅっと握ると、敦大が小さくうめく。

「は……、そういうイジワルしてくれるのもかわいいのに」

「先輩に向かって、かわいいなんて言わないの」

「はい、先輩。いっぱい扱《しご》いてくださいね」

軽く腰を突き出してくるこの男は、羞恥心《しゅうちしん》をどこかに置き忘れている。

――慣れてる、のかな。

先輩ぶってしまったからには、今さら躊躇《ちゅうちょ》している姿を見せられない。

握った手をゆるゆると動かしはじめ、手のひらに脈動を感じた。

先端に向かって扱きあげると、張り詰めた亀頭が上下する。

すべらかな傘の付け根は、ぎゅっとくびれて大きな段差になっていた。

その裏を親指でなぞりながら、小さく涙の浮かんだ鈴口にキスをひとつ。

ちゅ、と軽く吸って、縦に小さな切り込みを舌で舐《ねぶ》る。

――先端だけでも、口に入り切らない。え、まだ大きくなるの？　膨張率はどうなってるの？

「ん、っ」

長い指が、紬実の髪を梳《す》いていく。指の間をさらさらとこぼれる髪が、首筋にくすぐったい。

何度かキスをして、右手を繰り返し往復させていると、唾液か先走りかわからない透明の液体が彼のものを濡《ぬ》らしていった。

手の動きがなめらかになり、次第に頭上から聞こえてくる呼吸が浅く速くなる。

――よかった。鬼島くん、感じてくれてるみたい。

そっと目線を上げた。

こちらを見ている彼と、目が合う。

「紬実さん……っ」

ぞくり、と背筋が震えた。

かすかに濡れた瞳が、せつなげな光を宿している。

その目で見つめられると、体が硬直してしまう。

同時に、この美しい男をもっと感じさせたいと思った。

「え、あっ……！」

ブラがずらされ、彼の指がかすかに主張する胸の先をかすめる。

「や、なんで」

「イカせたいなら、紬実さんの感じてる声も聞かせてよ」

「っっ……、は、あ……」

小さな突起を、指先が繊細にあやす。

さするように、撫でるように。

それでいて、ときどき根元をきゅっとつままれると、触れられていない腰の奥に甘い疼《うず》きがわだかまった。

「ここ、硬くなってきた」

「し、らない……」

「紬実さんの乳首だよ。気持ちよくない？」

「……っ、ぁ、あっ」

左右同時にきゅっと引っ張られ、玄関だとわかっているのに声が出る。

ぎゅっと太腿を閉じ合わせたとき、下着の中から小さく、くちゅりと濡れた音が聞こえてくる。

――わたし、濡れてるんだ。

彼のものにくちづけて、手で扱いて、胸を弄《いじ》られて、感じてしまう。

「ねえ、紬実さん」

「や、そんな、さわらないで」

「駄目だよ。逃がさないって言ったはずだ」

指腹で撚《よ》るように捏《こ》ねられると、どうしようもなく体が跳ねた。

もっと、彼を感じさせなくては。

こんなことをする余裕がなくなるほど、敦大を感じさせて、果てさせなくてはいけない。

――だったら、わたしにできるのは……

紬実は思い切り口を大きく開けて、熱《いき》り立つものを咥《くわ》える。

今まで、つきあった相手にもしたことがない。

奥までは無理でも、亀頭くらいなら頬張ることもできそうだ。

舌と上顎で膨《ふく》らんだ鋒《きっさき》を押しつぶすと、「っ、う」と苦しげな、けれどひどく艶冶《えんや》な喘《あえ》ぎが鼓膜を震わせた。

キャンディを転がすように、舌を動かす。

その間も、右手の上下はやめない。

敦大も負けじと、指で胸を責め立てる。

にちゅにちゅと濡れた音が玄関に広がり、彼が腰を揺らすようになってきた。

ああ、もうすぐかな、と思ったとき、彼はぐいと腰を引く。

手と口が、急に自由になって紬実は敦大を見つめた。

「え」

「出る、から」

弾《はじ》けそうなほどに張り詰めた亀頭を、敦大が自身の手で覆《おお》った。

びゅく、びゅる、と白濁《はくだく》が迸《ほとばし》る。

閉じた指の間から、吐《は》き出した液体がひとしずく、白いタイルに落ちていく。

「……っ、は……、やばい、な……」

濡れた手を取り出したハンカチで軽く拭《ぬぐ》い、敦大が天を仰《あお》いだ。

彼のひたいには、もうツノはなかった。


――わたしたち、いったい何をしていたの？

いや、わかっている。

彼の男性器を手と口で刺激し、射精に導いた。

それによって、敦大の鬼化が解けた。

目的は達成されたので、終わったことを必要以上に考えなくていい。

男性は性欲の発散を経て賢者タイムに入るというが、ある意味では紬実もまたそういう心境に至っていた。

　何はさておき、衣服の乱れを直す。

　上半身は手早く元通りにできるけれど、パンストはそうはいかない。

　スカートの裾を軽く叩いて、シワを伸ばした。

「……じゃあ、そういうことで」

「どういうことですか？」

　こちらも、剥き出しになっていたものをボクサーパンツにしまった敦大が、ベルトをはずしたままのセクシーな格好で問いかけてくる。

「だから、今のもなかったことにしようってこと」

　コートを肩にはおって、この場を早く離れなくてはと思った。

「駄目ですよ」

　しかし、それを先読みしていたのか。

　敦大は玄関ドアの前に立ち、にこりと微笑む。

　彼がそこに立っていては、紬実は出ていくこともできない。

「ダメって、どうして？　さっき、お互いに納得したはずだよ。わたしは、何も見ていない」

「もうなかったことになんてできませんね」

「できるでしょ」

「できません。僕の初めてを奪ったからには、責任を取って彼女になってもらいます」

責任。

彼女。

――初めて……？

言われた言葉は間違いなく日本語で、その文面も内容も理解できる。

なのに、まったく理解が追いつかない。

「そもそも、鬼だと知られたからには西尾さんに結婚を前提とした交際を申し込むつもりでした」

「は？　ちょっと待って、家族になればいいってことなの？」

「そうですよ？」

語尾を上げ気味に、さも当然という顔で言われてしまった。

そんな理由で結婚なんて考えたくないし、そもそもつきあうなんて聞いていない。

「西尾さんがなかったことにしたいと思っていても、僕はあんなことをされたのは初めてですから。もう、忘れるなんて無理なんです。締めて、僕の彼女になってくれますよね」

「ちょ、ちょっと、いったん整理しよ？」

「何をです？」

「初めてって、どういう意味で？」

社内でも、群を抜いた美貌の持ち主である鬼島敦大が、初めて。何が？　どこまでの行為が？

「答えたら彼女になってくれますか？」

「そんな話はしてないよね」

「僕は童貞です。おつきあいの経験もありません。西尾さん、僕の初めての彼女になってくれてありがとうございます」

両腕を広げて、敦大が幸せそうに微笑んだ。

——まったく追いつけない！

困惑にしゃがみ込みたい気持ちだった。

口調も声音も笑顔も、いつもの温厚イケメンのままなのに、完全に意思疎通ができていない気がしてくる。

——でも、鬼島くんとしては秘密を暴かれた上、わたしが転びそうになったのを助けて、その結果また鬼化した。それを収めるために、あれこれしたのはわたしなわけで……

自分に責任があると、紬実だってわかっていた。

その責任を取る方法が彼の恋人になる——ここで、一気に話がこんがらがるのだ。

さらに彼が童貞だと言い出したら、いっそう混乱は極まっていく。

「えっ、ほんとうに？　だって、鬼島くんだよ？　広報部、いや社内でも屈指のイケメンがそんなわけ……」

——でも、彼は鬼だ。鬼は性的に興奮したらツノが生える。ってことは、結婚するまで全員童貞か処女ってこと⁉

もしくは彼の言うとおり、結婚を前提とした交際をするまでは清らかな体でいるしかない。

なるほど、と小さく頷いたのを敦大は見逃さなかった。

「思い出してくれた顔ですね。僕は人間とほとんど変わらないけれど、鬼なんです。簡単にこういうことをする関係なんて、作れません」

「……えっと、じゃあ、今日のことは犬に噛《か》まれたと思って」

「犬に噛まれたら、普通は簡単に忘れられません。なので、西尾さんは僕の彼女になってください」

はだけたワイシャツ、緩んだネクタイ。

そして、極上の笑顔。

「なってくれないなら、西尾さんに鬼バレしたと政府の担当役人に伝えます」

「ちょっ⁉」

「玄関で襲われて、抵抗できずに体を奪われたと言えば、僕の罪は軽く済むかもしれませんね。そして西尾さんは、後輩男性を襲う痴女《ちじょ》として危険因子と見做《みな》され――」

「わかった、わかったから！」

「嬉しいです。紬実さん」

一度は名字呼びに戻っていたはずが、彼はぎゅっと抱きついて耳元で名前を呼んでくる。

――どうせ、わたしの恋愛なんて長続きしないのに。

衣服越しでも、彼の体温を感じる。

人肌は、温かい。

ときどき無性に恋しくなる。冬のせいだ。

「わたしじゃないほうがいいと思うんだけど」

「僕は紬実さんがいいんです」

「……鬼島くんは難儀な人だね」

冗談めかして、彼の頭をぽんぽんと撫でる。

今まで、四人の男性とつきあった。

そして、その四人全員と別れた。

——それでも、ほんとうにわたしでいいの？

「そうですよ。難儀な男の彼女になったからには、覚悟を決めてください」

「あの、もしかして身近な人から猫かぶりって言われない？」

「どうでしょう。僕には鬼バレする危険性から、あまり身近な友人というものがいませんので」

紬実は何も言えずに、彼の背中に腕を回した。

ハグは、恋人になる契約の証《あかし》だった。

・……—……・……—……・

月曜は、朝から冷たい雨が降っている。

先週末には冬の気配をみじんも感じさせなかったのに、土日を挟んだら急に気温が下がった。

まったく、気分屋の低気圧には振り回される。

だが、今年新しく買ったマフラーの活躍が期待できるタイミングだ。

職場に到着して、いつもどおりデスクトップパソコンを起動する。

敦大は——まだ来ていない。

かすかに彼の存在を気にしていると自覚した。

当たり前だ。

——あんなことがあったんだから。

二分後、マフラーをはずしながら、広報部が誇《ほこ》る温厚イケメンがフロアに足を踏み入れる。

「おはようございます」

「おはよう、鬼島くん。先週の資料、ありがとね」

「何かあったら、言ってください。修正対応しますので」

「助かります！」

入り口近くに座る社員と挨拶《あいさつ》をして、彼は自分の席へ向かった。

敦大と紬実は、別の島に席がある。

顔を上げず、液晶に目を向けているかぎり、彼と挨拶をすることは基本的にない。

「えー……、去年の販促ポスターの枚数は……」

特に必要ない表計算ソフトを表示して、仕事をしているふりをした。

意識過剰かもしれないが、背中に視線を感じる。

振り返って、「おはよう、鬼島くん」と声をかけるのは簡単だ。

二十八歳にもなれば、先週末の気まずい行為のことなんて職場に持ち込まないのは当たり前。

もとより紬実は、たいていの場合に感情的になれず、どこか冷めていると思われがちな人生である。

元彼も、その前の彼氏も、同じことを言って去っていった。

『紬実って、俺のことほんとうに好き？』

――あ、今、自分で傷を抉《えぐ》ってる。

ふう、と小さく深呼吸。

感情の方向転換が必要なタイミングだと知っているから、あえて考えることをやめた。

今日も、いつもどおりの仕事が始まる。

十一時半、紬実は休憩室のドリンクコーナーでホットのジャスミンティーを持ってきた。

ほんとうは昼休憩まで飲料を待つつもりだったのだが、今日は妙に喉が渇《かわ》く。

認めたくない。でも、やはりいつもより緊張している。

――ほんと、あのくらいのことを気にするなんて大人としてどうなの。むしろ、ああいうことをしてしまったのがどうなの。

気を抜くと、彼との関係を考えていた。

そのたびに自分の思考をかき消す。

デスクに紙コップを置いたとき、普段はあまり聞かない大きな声が聞こえてきた。

「いやー、鬼島さんくらい美形だったら、女の子なんてよりどりみどりでしょ。って、こういうこと言うと今は男同士でもセクハラになるんでしたっけ？」

おそらく、広報部の誰もが「なるんですよ」と心の中で思っているだろう。

——相良《さがら》さん、か。

相良は、二カ月前まで紬実が担当していた取引先の営業である。

営業マンらしく口は達者だが、三十五歳という年齢に似合わず昭和脳なところがあった。

そういう環境で成長してきてしまったのだろうと思う反面、周囲が変化していくことに気づけないのは営業として嗅覚が鈍いとも感じる。

ちらと目を向ければ、オフィスフロアの壁側にあるミーティングブースから相良の声がしていた。

広報部には部署で持っている会議室はない。

それは、このアミジック本社ビル全般に言えることで、各部署には少人数用のミーティングブースはあるけれど、大人数で話す場合の会議室は階ごとに共有している。

十四階にある広報部は、同じ階の宣伝部と同じ会議室を、予約制で使っているのだ。

敦大に相良の担当を引き継ぎしたとき、相手の性格や特徴も伝えていた。

実のところ、少々癖《くせ》のある人物だから彼に後継を頼んだというのもある。

温厚で誰からも好まれる敦大だからこそ、うまく仕事を回していけると考えた。

——別に、鬼島くんが温厚だってことに変わりはないんだけど。

それでも、仕事以外で彼を知り、あの穏やかな性格が努力によって培われたものだと気づいてしまった今、相良とのやり取りが気になるのも仕方ない。

「難しいご時世ですね」

「でも実際どうなんです？　合コンとか、かなり行ってるんですか？」

「いえ、僕はそういう場はあまり得意ではなくて」

「あー、イケメンは自分から探しに行かなくても女の子が寄ってくるんですね。まったくうらやましいかぎりですよ。そうだ、今度合コンしませんか？」

「僕が行っても盛り上がりませんよ。相良さんのほうが、お話もおじょうずですし、女性たちもお喜びになるのではないかと」

「いやいや、そんな謙遜《けんそん》いりませんから！　ね、いつがいいですか？　今、日付、決めちゃいましょ」

以前なら「鬼島くんは温厚だから、あんな言われ方をしてもうまくやり過ごしてるんだな」と思っていたけれど、彼はそうしないと自分を守れないのだと思い出す。

――助け舟を出すのも先輩の仕事だ。

湯気の立つ紙コップを横目に、紬実はミーティングブースへ向かった。

一見、ファミレスのボックスシートのようなデザインのミーティングブースは、詰めて座れば片側のソファに三人ずつ、合計六人までは吸われる設計になっている。

そこに一対一で向かい合って座るふたりを確認し、「あ、相良さん」といかにも今気づいたような顔をして近づいていく。

「ご無沙汰《ぶさた》しております」

頭を下げると、相良が座ったままで身を乗り出すのがわかった。

「あれ、西尾さんじゃないですか。お久しぶりです。うちの担当を代わってから、お会いする機会がなかったですよね」

「ええ、鬼島がよくやってくれているおかげです」

「たしかに、鬼島さんは仕事もできるし男前！　うちのほうに来ていただいたときには、女性社員が黄色い声をあげてましたよ」

「まあ、そうなんですか？」

白々しいにもほどがあるが、紬実は愛想笑いで首を傾《かし》げる。

「そういえば、奥さまはお元気ですか？　以前に御社のパーティーでお会いしたときにご挨拶をさせていただきました。あのとき、奥さまがお好きだとおっしゃっていた紅茶の茶葉があるんです。よろしければ、お持ちになってください」

ほんの二カ月前まで、担当をしていたからできる技だ。

対相良用に準備しておいた秘密兵器、スイスから輸入された紅茶の茶葉を差し出す。

「はは、いやあ、ありがとうございます。西尾さんはほんとうに気が利きますね。妻に渡したらきっと喜びますよ」

「また機会がありましたら、お会いできるのを楽しみにしております」

「言っておきます。ええ、はい」

女好きで、合コンをこよなく愛する相良だが、実はかなりの恐妻家である。

その点についても引き継ぎで伝えていた。

とはいえ、どのタイミングでどう切り出すかは、実体験がなければ学べない。

――まあ、このやり方だって何度も使ったら相手は気分がよくないかもしれないからね。

しかし、敦大ならおそらく今のやり取りを見て、ある程度理解できただろう。

「では、御社の皆さまにもどうぞよろしくお伝えください。急に話の腰を折って申し訳ありませんでした」

挨拶をし、その場を去る。

席に戻ると、ジャスミンティーはぬるくなっていた。

問題ない。

人肌のジャスミンティーもじゅうぶんおいしく飲める。

数分後、相良を見送った敦大が紬実の席にやってきた。

「西尾さん、ありがとうございました」

「え、ぜんぜん。あの人、若い社員が相手だと無理なこと言い出すから」

そう言った紬実を前に、彼は不思議そうにじっとこちらを凝視する。

――何？　なんか、あまり見つめられると緊張するんだけど。

「西尾さんは若いですよ」

「あはは、ありがと。そうだね、今日が人生でいちばん若い日だもんね」

「……そういうことじゃないですよ」

「え？」

「いや、なんでもないです。西尾さん、お昼ってもう食べましたか？」

なんだろう。妙な間があった。

「まだだよ。お昼休み前でしょ」

「じゃあ、よかったらお礼におごらせてください。近くにオープンしたいいお店があるんです」

目尻の下がった優しい笑み。

彼は、善良な後輩の顔をして紬実を誘う。

――うーん、ここで危機感を覚えるのはわたしの自意識の問題か。

「え、鬼島さん、新しいお店ってどこですか？」

「わたしも行きたい」

今年、他部署から異動してきた若い女性たちが寄ってきた。

さすが温厚イケメン、女性への引力には絶対的なものがある。

「じゃあ、みんなで――」

言いかけた紬実の言葉にかぶせるように、敦大が口を開く。

「ごめん、今日は西尾さんに相談したいこともあるから、また今度みんなで行きましょう」

意味ありげにこちらに視線を向けてくる彼は、「ね？」とばかりに首肯して見せた。

――相談って何？　さっきはお礼って言ってたのに？

どちらにせよ、この場で紬実が敦大の誘いを断る道は完全に閉ざされた。

「おいし……！　何これ！」

ランチメニューにあった、牛ホホ肉の赤ワイン煮込み。

ひと切れ、口に入れると牛肉がほろりとほどけていく。噛む必要もないほどのやわらかさだ。

敦大とふたりで食べるランチに、多少なりとも当惑はあった。

しかし、おいしいものを前にして、人はいつまでも惑ってなどいられない。

セットのバゲットが、これまた皮はこんがりと焼けていて、中は小麦の味がしっかりと強い。

噛めば噛むほど味が深まり、おかわりしたくなるほどの美味だった。

「紬実さんのおいしそうな顔が見られて嬉しい。ここを選んでよかったです」

「……っ、うん、ありがとう」

――なんでいきなり名前で呼ぶかな。

ランチタイムだというのに、地下の店内は間接照明が主なため、隠れ家のような印象がある。

ほかのテーブルにも客はいるが、店の雰囲気《ふんいき》によるものか、誰も大きな声で話すことはなかった。

ナプキンで口元を軽く拭い、紬実はグラスの水を飲む。

本気で後輩におごられるつもりはないけれど、理由もなく彼とふたりでランチを食べているとも思われたくない、複雑な状況だ。

「それで、相談って？」

だから、あえて彼のほうから振ってきた話題を口にする。

「デートの日程を相談したいなと思ったんです」

「ぶほっ」

ところが、それが逆効果だった。

あまりにストレートに、デートなんて単語を口にされたものだから、むせ込んでしまう。

「紬実さん大丈夫ですか？」

「う、うん……」

しかも、敦大は先ほどから当たり前のように「紬実さん」と名前を呼んでいた。

——一応、彼女。ほんとうに一応なのに、いきなりデートって言われましても。

逆に、一応であろうと彼女は彼女なのだ。

しかも敦大にとっては、これが初めての彼女だという。

——それを考えると、無下にもできないんだよね。

「あまり、外で会うのもほら、会社の人と会うと気まずいじゃない？」

「そうですか？　僕は気になりませんけど」

「わたしは気にする。後輩の男性社員と噂《うわさ》になるのはちょっとね」

「年齢が問題ですか？」

「そういうことじゃないけど……」

「じゃあ、僕だからですか？」

温厚イケメンというのは、ほんとうにただの仮面だったのかもしれない。

普段は人の話ににこにこ頷いている彼が、ふたりきりになるとまったく譲る気などないとばかりに、真正面から切り込んでくる。

「鬼島くんだから、というのはなくない、かな」

そうですよ、とはっきり言えず、紬実は遠回しな肯定を選んだ。

社内屈指のイケメン後輩と噂になるというのは、正直できれば避《さ》けたい状況である。

紬実はいつもそれなりのポジションで生きているため、彼のような知名度は持ち合わせていない。

当然、悪目立ちするのも槍玉に挙げられるのも遠慮したいに決まっている。

何より、彼には自分がモテているという自覚はないのだろうか。

――あると思う。だって、自分の美貌を利用した口説き方、知ってるでしょ。

「そうですよね。僕は人とは違います」

その言葉に、大きく頷いた。

けれど、すぐさま後悔することになる。

続けて敦大が言ったのは、

「僕は、鬼ですから」

だったせいだ。

すぐさま否定できなかったのは、彼が困ったように微笑んだから。

どこか儚《はかな》げな相貌が、ほのかな明かりの下だといっそう美しく見える。

単純に言って、見惚《みと》れた。

「そこじゃないよ。鬼島くん、モテるでしょ。だから、ふたりでいるのを人に見られたら大変って話」

「なるほど。そういうことでしたか」

モテるのを否定するでもなく、敦大が納得した様子で顎に手を当てた。

やはり、モテる自覚はあるらしかった。

「だったら、紬実さんのお部屋に呼んでもらえるってことですか？」

「…………」

「ふたりきりになるには、それしか方法がないんです。それともやっぱり、僕が鬼だからお嫌ですか？」

ずるい、と思う。

彼がモテるからふたりで外を出歩きたくないと言った手前、誰にも見られなければいいという結論を出されたら反論できない。

それを否定すれば、今、敦大が言ったとおり、ほかの理由があることになる。

——実際は、ほんとうの恋人同士じゃないからふたりきりになりたくないの。また、先週末みたいなことになるのが困るの！

「紬実さん？」

「……わかった。そのほうが気楽だしね」

これ以上の引き伸ばしも不可能と判断し、紬実は二度三度と頷く。

首肯は、自分を納得させるためだった。

「じゃあ、今夜はどうでしょう」

「今日、月曜だってわかってる？」

「はい」

「わたしは、鬼島くんと違って体力に自信がないの。平日は仕事して帰宅したら、あとはお風呂に入って寝るだけで限界」

「僕、マッサージしますよ」

――あなた、マッサージだけで終われるんですか⁉

笑顔で、首を横に振った。

「紬実さん」

「何かな」

「俺を警戒しすぎだよ？」

テーブルに肘をついて、敦大が薄く笑《え》まう。

心臓に、おそらく二本目の矢が射《さ》さった。

四歳下の恋愛経験ゼロの男性に、それを許してしまった自分が悔しくて、紬実は――

「部屋の掃除をする時間くらい与えないと、相手の女性は苦労するのよ」

「だったら、金曜ならいいってことですね。今日は月曜ですから、中三日あれば紬実さんなら掃除もできると思うんですが」

——う……！

完全に、墓穴《ぼけつ》を掘った。

第二章　一応じゃなくて彼女です

自分で掘った墓穴《ぼけつ》は、自分で埋めるよりほかない。

金曜日に敦大《あつひろ》が部屋に来るのを許諾した紬実《つぐみ》は、前夜、部屋の掃除に精を出していた。

もともと、さして広いわけでもない1Kの部屋だ。

紬実はあまり家具をたくさん置くタイプではないし、これといった趣味も持ち合わせていない。

結果、部屋はシンプルで掃除がラクなのが何よりだと思っている。

――で？　ほんとうに、この部屋に鬼島《きじま》くんが来るの？

ビル街に向いた大きな窓が特徴の、ベッドと机しか家具らしい家具のない部屋を見回した。

ほかには、せめて少しは緑がほしいと選んだサボテンがふたつ。

机の下に小さなラックがあって、そこに仕事にかかわるマニュアルや資料が数冊あるだけだ。

先日は動揺していたけれど、彼の部屋は驚くほど豪華だった。どこのセレブだろう。

それに比べてなんと平凡な自分の部屋。

唯一のこだわりは、ベッドの枕にクッションを複数並べていることぐらい。

こんな部屋に来て、彼は楽しいんだろうか。

「あ、そっか」

不意に、自分の中に答えが浮かんだ。

──彼女っていう概念が、もしかしたらすでに鬼島くんの中では楽しいのでは？

彼女の部屋に行く、彼女の手料理を食べる、彼女と……

そういう意味なら紬実も彼女ムーブっぽいことはできる。たぶん、できる気がする。

──料理か。何を作ろう。彼女っぽいものって何？

スマホで『彼女　手料理』を検索するところから。

検索結果に出てきたランキングをいくつか見て、上位にかならず食い込んでいるのがカレーだと学ぶ。

なんて安上がりで簡単な料理を求めてくれるんだろう。

ちょうど季節は冬、温かい料理は二倍おいしい。

気が向いたときしか自炊しない紬実でも作れる、庶民的な料理だ。

掃除を終えると、手早く着替えて近所のスーパーに買い出しに行った。

早速、カレーをくつくつ煮る。

──そういえば、鬼島くんはカレーには目玉焼きって言ってた。

冷蔵庫に卵もある。いける。これで彼女ムーブの最低限はこなせる自信がわいてきた。

彼が鬼だと聞いても、結局ただのイケメン後輩としてしか見ていない。

──だって、ツノが生えるだけでしょう？　あとは、体の強い人間と大差なかった。

いや、違う、と心の中で否定する声が聞こえてきた。

――……ものすごく、大きかった、です。

何が、とは追求しない。

これまで紬実が見たことのあるものとは、だいぶ違っていた。

あれをねじ込まれるのだけは、遠慮したい。

「……彼氏彼女なんて、ほんとうにわたし相手でいいの、鬼島くん？」

ここにいない人に、届くはずのない疑問を投げかけた。

カレーの香りが、居心地の良い１Ｋに広がっていく。

ピロン、と聞き慣れた音が鳴って、紬実は机に置いたスマホを手に取った。

メッセージアプリのグループトークに、新着メッセージが届いた通知が表示されている。

『今年の忘年会どうする？』

送信者は、大学時代からの友人のひとり、柚凪《ゆな》だ。

グループトークは、学生のころからの腐《くさ》れ縁《えん》、女友だち四人で作っている。

柚凪、光里《ひかり》、乃々花《ののか》、そして紬実。

『クリスマスすっとばして忘年会なところがツライ』

すぐに返信をしたのは光里である。

『わたし、今年もクリスマスの概念がない職場にいる』

少し遅れて、転職したばかりの乃々花からメッセージが届いた。

――たしか乃々花の今の職場って、アプリゲームのサーバー保守だっけ。
『忘年会だけが楽しみだよ』
ここでは、堂々と本心を語れる。
紬実の返信に『わかる』と、光里が答えた。
『でも、そう言いながら紬実ってすぐ彼氏できそう』
『あー、それもわかる』
『別れて一年？』
ピロン、ピロン、と連続してメッセージが届くので、返事のタイミングを見計らう。
彼氏らしき人はたしかにいるのだ。
けれど、別にタイミングなんて自分の都合で構わない。
それを許容してくれるのが、つきあいの長い友人たちだと知っている。
『一応、彼氏はできた』
――ほんとうに、一応だけど。
『え、ちょっと詳しく聞きたい』
『わたしこれからやきんあとでおしえて』
看護師の光里が、急いでいるのか変換もせずに返信してきた。
『詳細は忘年会でよろしくね！』
『写真もほしい』

急に盛り上がったグループトークを見つめて、紬実はぽつりとひと言。

「……それまで持つかな」

なんなら、明日にでも関係が終わる可能性だってある。

彼は、いつ紬実ではない相手と恋に落ちてもおかしくない。

そう思うと、少しだけ寂しい気持ちになった。

きっと、がんばって掃除をしたからだ。

自分にそう言い聞かせて、紬実はカレーの味を確認した。


十二月、二度目の金曜日。

さすがに先週と比べて、気温はぐんと低くなった。

やっと冬を思い出したといわんばかりの朝の冷気に、紬実は少し厚着をして会社へ向かう。

今日はお気に入りのターコイズブルーのニットを選んだ。

エレベーターを十四階で降りると、広報部のドアを開けて出てきた部長が、

「西尾さん、よかった。早く来てくれて」

と、朝の挨拶《あいさつ》もなしに言う。

「おはようございます。どうかしましたか？」

「どうかしたって、きみ、朝のニュースは見ていないのか」

紬実の部屋にはテレビがない。

あっても見ないから、大学生のころに処分してしまった。

「見てません」

「羽倉崎《はぐらさき》選手だよ」

テレビは見ないが、その名前には聞き覚えがある。

今週末に、静岡《しずおか》で新商品のサンプル配布を予定している、サッカー場をホームにするチームの人気、実力ともに抜きん出たスター選手だ。

「え、羽倉崎選手、どうしたんですか？」

「ああ、いいから、中に入って。すぐわかるから」

言われるまま、社員証で認証を済ませてオフィスに足を踏み入れる。

「西尾さん、おはようございます」

「おはようございます。羽倉崎選手、何かあったの？」

「不倫発覚ですよ。しかも、三股」

たしか羽倉崎は、ふたりの子どもがいる。

昨年の、小学生が選ぶ理想のパパランキングで第一位に輝いていた。

——ここにきて、いきなりの不倫発覚……⁉

広報部のデスクに、スポーツ紙が各紙、広げて置かれている。

そのどれもが、一面でデカデカと羽倉崎の不倫を報じていた。

炎上、いや、大炎上だ。

「まいったな。静岡支社の津本《つもと》主任、たしか骨折してるんじゃなかったっけ」

「今回、新人に任せて裏方のみって言ってましたね」

「え、新人がこの収拾できるの？」

「サッカーファンは、別に羽倉崎が不倫したからって試合に来ないことはないだろ」

それから一時間半。

予想どおり、新人の担当者は対応しきれずに早くもダウンしかけていた。

本社の営業担当がすっ飛んでいったけれど、人員が足りない。

——まあ、こうなることも予想してた。

「悪いな、西尾」

「悪いと思うなら、来月こそ有給消化させてくださいね、課長」

「善処するよ」

あてにならない返事をもらい、紬実はいったん帰宅するため荷物をまとめた。

いったんというのは、出張の準備をして静岡に向かうためである。

何はさておき、カレーの鍋は冷蔵庫に入れた。

冬とはいえ、さすがに一泊二日の出張中、ずっと放置したくはない。

——帰ってきたら、ひとりであの量を消費することになるんだな。

ボストンバッグを手に、玄関で靴を履く。

新幹線に乗ってから、敦大にメッセージアプリで連絡をしよう。

仕事用バッグの中にスマホがちゃんと入っているのを確認したとき、突如着信音が鳴りはじめた。

――え？　鬼島くん？

「はい、西尾です」

『西尾さん、もう家を出ましたか？』

「今出るところだけど」

出張に行くことになったと聞いたのだろうか。

『僕も今から東京《とうきょう》駅に向かいます。一時間後の新幹線の切符をとっておくので、ついたら連絡してください』

「えっ、なんで？」

『なんでって、出張です』

状況はわからないが、敦大も一緒に行くことになった――らしい。

「……わかった。じゃあ、東京駅につく時間がわかったら連絡するね」

『はい。のちほど、東京駅で』

通話を終えて、玄関でスマホを手にしたまま、ぼんやりと天井を見上げる。

どうして、どうなって、どういう経緯で、こうなった？

考えたところで答えは出ない。

紬実はスマホをバッグに突っ込むと、自宅をあとにした。


東海道《とうかいどう》・山陽《さんよう》新幹線ひかりに乗ったのは、十三時を回ってすぐ。

「駅弁買っておきました」

窓際の席を譲ってくれた敦大が、ビニール袋からお弁当をふたつ取り出した。

「え、わたしのも？」

「もちろんです。どっちがお好きですか？」

後輩男子に昼食の世話までされている自分は、なかなか情けない。

「鬼島くんが選んだんだし、好きなほう、先に選んで」

「僕はどっちも好きなのを選んだので、紬実さんがお先にどうぞ」

「……名前」

「今、ふたりきりです」

彼はにっこり微笑《ほほえ》んだ。

新幹線の指定席車両は、適度に混雑している。どこからどう見てもふたりきりではない。

けれど、ここにふたりを知る者が誰もいないというのは、たしかにふたりきりともいえる。

逆説的な証明を差し出され、紬実はしばし考え込む。

そして、出した結論は――

「じゃあ、こっちのサーモンといくらのハッピー親子丼弁当で」

すべてを棚上げして、駅弁を食べることだった。


静岡に到着すると、その足で静岡支社に向かった。

想像以上に現場は混乱している。

それもそのはず、新人の担当者はデスクに突っ伏して泣いていた。

「もう無理です。こんな仕事できません。わたしにはできません」

泣きたい気持ちはわかる。

けれど、今ここで泣いて現状に変化はない。

「お疲れさまです。アミジックビバレッジ東京本社広報部から参りました、西尾です」

「鬼島です」

名乗ったふたりに、泣いている新人の上席である津本が座ったままで頭を下げる。

「座ったままで失礼します。主任の津本です」

「お怪我をなさっているとか。どうぞ、ご無理のないようにしてください」

「お気遣いありがとうございます」

「それでは早速ですが、現在判明していることの整理からさせてください。今回のイベントでは、新商品の――」

打ち合わせ、最新情報の確認、サッカーチームへの連絡、配布用サンプルのチェックをこなしている間に、泣いていた新人はオフィスから姿を消し、窓の外は夜に覆《おお》われた。

「あー、疲れた……！」

やっとビジネスホテルに到着したころには、紬実と敦大は完全に無言になっていた。

最低限必要な言葉を発するのみで、私語はなし。

彼は黙ってスマホを操作していた。

——そのおかげで、余計なことを考えずにいられたけれど……

ビジネスホテルの部屋は、シングルルームをふたつ予約してあった。

隣の部屋には、敦大が泊まっている。

明日はレンタカーを手配しているので、朝からサッカー場に行く予定だ。

実際、現場は混乱していたけれど、手の施《ほどこ》しようがない状態ではなかったのが救いだ。

羽倉崎の不倫報道は、テレビではある程度情報を絞って、ネット上のみ新しい情報がどんどん増えていく。

写真週刊誌のネット記事が、一時間に何度も各社で更新され、不倫相手とのメッセージアプリの会話画面や、ホテルで撮影したらしき写真、一部にはプレイ写真と思《おぼ》しきものまであふれ返っていた。

——でも、これなら明日のイベントは問題ない。羽倉崎選手の今後は茨《いばら》の道、だろうな。

どうして、好きな人と結婚してもほかの人に目が行くのだろう。

紬実には今のところ、結婚の予定はない。

なんなら、これまでの二十八年間で真剣に結婚を考えた相手もいない。

だが、だからこそ思う。

結婚するということは、その人を一生好きでいる約束ではないのか。

もし、どうしても事情があってほかの誰かを好きになってしまったのなら、なぜ関係を精算してから、あらためてつきあうことができないのか。

——そうじゃないんだろうな。

少なくとも、今回の羽倉崎は真剣交際だったという言い訳もできない。相手が複数名いるのだから。

着替えなければと思いながら、ベッドから起き上がれずにいる。

今回の問題ばかり考えていても、どうしようもない。

疲労した自分をいたわるためにも、シャワーを浴びてメイクを落として、眠らなければ。

寝転んだまま、パンストを脱ぐ。そこで力尽きて、ベッドにぼふんと顔を埋めた。

そこに、コンコンとノックの音が聞こえてくる。

「…………」

すぐ返事ができないのは、相手が敦大だとわかっているからだ。

彼でなければ、ホテルのスタッフの可能性はあるけれど、その場合は内線で連絡がある。

だから、やはり相手は――

「紬実さん、起きてますよね？」

敦大の声だ。

ここで知らないふりができるほど、紬実は冷たくない。「それなり」に優しいのだ。

自分のためには起き上がれなかった体に力を入れて、裸足のままで廊下につながるドアへ向かう。

「起きてますよ」

返事と同時にドアを開けた。

「よかった。夕飯買ってきたんです。何も食べていなかったようなので」

チェックインのときには、紬実と同じくらいに疲れていたはずの敦大が、優しく微笑んでいるではないか。

いったいどんな回復方法を使ったのだろう。

「……ありがとう」

本日の餌《え》付《づ》け、二回目。

疑うことなく、彼を部屋に入れた。

敦大が買ってきてくれたのは、静岡のソウルフードのひとつ、静岡おでんだ。

近くのおでん屋さんにスマホから注文予約をして、チェックイン後すぐに受け取りに行ってきたという。

「この、だし粉っていうのおいしいね」

「紬実さん、黒はんぺんもありますよ。これです」

「黒はんぺん、初めて」

シングルルームのため、テーブルとセットになった椅子《いす》はひとつしかない。

敦大に椅子を勧め、紬実はベッドに座って食べている。

思っていた以上に、空腹だった。

そして、空腹に静岡おでんの甘みがある出汁《だし》がよく沁《し》みる。

ひとしきり食べ終えたころ、敦大が口を開いた。

「あの、紬実さん」

「うん？」

「今日はすみません」

「え、どうして鬼島くんが謝るの？」

「今回の件、ほんとうは僕が途中まで関わっていたんです」

それは初耳だった。

広報部では、月に一度の部会で直近の業務内容を報告し合う。

最近の敦大の報告に、今回の案件はなかったはずだ。

「津本主任が静岡ですべて対応できるとおっしゃって、部長とも相談の上で手放したんですが、こんなことになるとは思いもよらなくて」

「思いもよらないことが起こったんだよ。最後まで関わっていたとしても、鬼島くんが責任を感じることはないじゃない。不倫発覚なんて誰にも予想できないことだから」

「だとしても、紬実さんに迷惑はかけたくなかった」

困り顔で微笑む彼を見て、胸がせつなくなる。

――四歳下、かあ。

考えてみれば、紬実が今までつきあってきた相手は年上ばかりだった。

年下の彼が、四年も多くこの仕事をしている紬実より要領がよかったらこっちが困る。

けれど、彼は彼なりに紬実に迷惑をかけたくない気持ちも持っているのだろう。

――かわいい。でも、かっこいい。がんばってる鬼島くんのことは、先輩として応援したい。だけど、わたしの気持ちはそれだけなのかな。

きっと、本心を告げても何も変わらない。

彼を困惑させるだけだ。

紬実はベッドから立ち上がると、彼の両肩に手を置いた。

「紬実さん？」

「……一応、彼女だからね」

少しくらい、頼ってくれてもいいのだと言いたかったのだが、敦大がひどく驚いた顔をする。

――え？　なんでそんな表情？

「そんなこと、紬実さんから言ってもらえると思わなかったから驚きました」

「そう？」

それなりな紬実は、それなりに彼女らしいことだってできる。言える。ただし「それなり」なのである。

「実は昨日、今日のためにカレー作っておいたんだけどね。残念だったね」

「……今、俺のこと煽《あお》ってます？」

「煽ってない。ただの事実」

椅子に座ったままの彼が、紬実の体を抱き寄せた。

「鬼島くん」

「煽りたかったら、いくらでも。その場合、危険なのは紬実さんのほうだから」

「危険って、ここ、会社で予約したビジホだからね。ヘンなことする場所じゃありません。わたしたちは出張中」

声に出して言わないと、自分のほうが彼の感情に流されてしまいそうだった。

旅先は、人を油断させる。

「そっちから誘ったくせに？」

強引に引き寄せられて、椅子に座る彼の腰を跨《また》ぐ格好になってしまう。

顔と顔が近い。

——いつもと違う。男の顔、してる。

ツノが生えていたときの欲情は、今、敦大の表情にない。

もっと真摯《しんし》で、もっと情熱的で、それでいてもっと——野性味がある。

「誘ってなんかない。だけど……」

「だけど、何？　ちゃんと言ってくれないとわからない」

「カレーは、やっぱり鬼島くんに食べてもらうために作ったから、ちょっともったいなかったかな」

「食べるよ。明日東京に帰ったら、紬実さんの部屋に行く」

「……腐《くさ》ってたらどうするの？」

「そのときは、代わりに紬実さんを——」

「ダメ」

彼の胸を両腕で押し返し、紬実は床に素足で立つ。

——このままだと、やっぱり流される。それに……

「ツノ、生えちゃうよ？」

「今はさすがにまずいことくらい、俺もわかってるけどね」

わかっていることと、性欲をコントロールできるかどうかは、まったく別の話だ。

鬼でなくとも、難しい。

「おでん、おいしかった。ごちそうさま。あとでお金精算するから」

「精算はいらない。俺にとっては紬実さんが最初で最後の彼女だから、大事にしたい」

「え、会話つながってないし、言ってることが重いんだけど」

「重くても、俺の本心だよ。覚えておいて」

彼は小さく笑って部屋を出ていった。

――二十四歳の言う最後の彼女って、あまり現実味ないけど。

なのに、どうしてだろう。

心臓の音が鳴り止まない。

加速した鼓動が、紬実の心を揺さぶっていく。

考えない。まずは、明日のイベントだ。

わかっているけれど、やはり感情をコントロールできるかどうかは、まったく別の話でしかなかった。

どうにもならない自分をシャワーで流して、濡れた髪のまま、ベッドに寝転んだ。

部屋にはまだ、おでん出汁の香りが残っていた。

・・・・・・・・・・・・・・・・・・

土曜日の夜、東京駅に帰りついたときにはもう限界だった。

一日中立ちっぱなしでサッカー場でサンプル配布の陣頭指揮をとり、紬実は左右どちらも靴ずれを起こしていたのだ。

――かかと痛い。もう一歩も歩きたくない。

だが、電車に乗って帰らなくてはいけないことをよく知っている。

「紬実さん、こっち」

「え？」

乗り換えのつもりでいた紬実の腕をつかみ、その手から荷物を取り上げると、敦大が八重洲口《やえすぐち》に向かって歩き出した。

「待って、電車は？」

「もう、足が限界だろ。タクシーで帰るから」

――どうして、気づいているの？

彼の言葉に、足を止める。

立ち止まった紬実に、急ぎ足の旅行者がぶつかりそうになった。

「危ない」

ぐいと引っ張られて、彼の胸に抱きしめられる。

「ふらふらしてる。素直に言うこと聞いて。じゃないと、東京駅構内を俺にお姫さま抱っこされて移動することになるよ？」

――それはムリ！

足の痛みに耐えて、最後の根性を振り絞る。

八重洲口を出ると、タクシーアプリで迎車を手配していたらしい敦大が「鬼島です」と名乗って先に後部座席に乗り込んだ。

「紬実さんも乗って」

「……うん」

弱っているときに優しくされると、泣きそうになる。

——そうか。もしかしたら、静岡支社の新人の子だって同じだったのかもしれない。

あのとき、自分なら職場で泣いたりしないと思ったのが恥ずかしい。

たかが靴ずれ程度でも、痛みに気づいて気遣ってくれる相手がいるだけで涙ぐんでしまうのだ。

反省しきりの紬実を隣に、敦大は途中で見かけたドラッグストアに車を停めて買い物をしてきた。

「靴ずれ用の絆創膏と、治るまでの間、足を保護するテープ、その他適当に買ってきたから、紬実さんちに着いたらシャワー浴びて、きれいにしてから手当てしよう」

「ありがとう、鬼島くん」

「俺は、一応のつもりないから」

「うん？」

「紬実さんは、一応じゃなくて彼女です」

だから、頼ってよ。

彼の声が、心の中まで沁みていく。

——一応、彼女。一応じゃなく、彼女。

東京駅から東へ。

隅田川《すみだがわ》を渡って、タクシーは一路、江戸川《えどがわ》区に向かって走る。

隣に座る敦大をこんなにも頼もしく思うのは初めてだった。

マンションに着いて靴を脱ぐと、両足のアキレス腱あたりに血がにじんでいる。

「痛かったでしょ。がんばったね、紬実さん」

敦大の肩を借りて、ストッキングを脱いだ。

たかが靴ずれ、されど靴ずれ。

傷口を見るといっそう痛みが強くなった気がする。

「じゃあ、シャワー浴びて。まずはそれから」

「行ってくる……」

それから十七分。

タオルドライしただけの髪で、前開きのワンピタイプパジャマを着て、バスルームから出た。

「髪、まだ濡《ぬ》れてる」

椅子から立ち上がった敦大が、そばに来て紬実の頭を優しく撫《な》でてくれる。

「足、痛い？」

黙って首肯すると、彼は紬実をベッドにうつぶせに横たわらせた。

スーツのジャケットを脱いだ敦大が、ドラッグストアの買い物袋から絆創膏と消毒液を取り出す。

「鬼島くん、ごめんね」

「何が？　俺は、ぜんぜん謝られる覚えはないんだけど」

「でも」

――そういえば、いつの間にか敬語じゃなくなってる。

いつからだろう。

おでんを一緒に食べたとき？

「とりあえず、おとなしくする！」

ぽん、と背中を叩《たた》かれた。

彼がベッドに膝をつき、紬実の足に触れる。

「……っ……！」

足首が引き攣《つ》れて痛みが走った。

けれど、息を呑《の》んだのは痛みのせいだったのか、敦大の手が触れて緊張したせいだったのか。

自分でもわからない。

「あとでお金払う」

「いらないよ」

「だって、これは経費にもならないから」

「彼女が怪我して手当てするのに、経費なんて関係ないだろ」

――どうして、鬼島くんはさっきからちょっと楽しそうなんだろう。

紬実の傷口に触れないよう、敦大が足首を持ち上げた。

「ひゃ！」

「くすぐったい？」

「う、うん。ちょっとね」

「紬実さん、足首細い。簡単につかめちゃいそう」

冷たい消毒液を吹きかけられ、きれいに拭《ふ》き取られたあとに絆創膏をそっと貼られる。

痛みがなくなるわけではないのに、剥《む》けた皮の代わりに一枚絆創膏があるだけで、少し安心できる気がした。

「はい、反対も」

彼はとても丁寧に、それでいて迅速に手当てをしてくれる。

――彼女がいたことないなんて、やっぱり思えないな。

敦大の言葉を疑っているのではない。

こんなに女性を優しく扱う彼が、今まで誰ともつきあったことがないなんておかしい。そう思ってしまうのだ。

――鬼島くんだったら、人だろうと鬼だろうと関係なく、そばにいたいって本気で思う女の子がたくさんいる。

だが、彼は自分とつきあっている。一応ではなく、つきあっている。

それはひとえに、紬実が彼の秘密を知ってしまったせいなのだ。

――彼女の部屋に来たがってた鬼島くんに、ぜんぜんムードのないことをさせてる。ごめんね。

心の中で謝罪をして、あとでもしお腹が減っているようならカレーを温めてあげようと決めた。

「出来上がり」

絆創膏を貼った上から、敦大が大きな手で足首を包み込んだ。

彼の手のひらがじわりと温かくて気持ちいい。

「鬼島くん、手があったかいね」

「紬実さんの足が冷たいんだよ。それに、ふくらはぎがパンパンにむくんでる」

「それは、ずっと立ってたから仕方ないの」

「マッサージさせて」

「え？」

「ほら、動かない」

足首から膝裏にかけて、左右それぞれのふくらはぎを、ぎゅうっと上に揉み上げられる。

「んっ……！」

――気持ちいい……！

紬実は、枕にぎゅっとしがみついた。

そうしないと、ヘンな声が出そうだった。

「痛くない？」

「う、ん」

「力抜いて」

繰り返し、下から上へと彼の手が紬実の脚をほぐしていく。

ともすれば、気持ちよさに吐息がもれそうになって、紬実は何度も唇を引き結んだ。

そのたび、敦大が「力入れないで」と言う。

——だって、そんなに優しくさわられたら……

十分が過ぎただろうか。

「紬実さんってさ」

「うん」

「美人で仕事もできて、必要以上に馴れ合わないでしょ」

「……そんなことない」

お世辞も含まれているとは思うが、自分が「それなり」なのは自覚がある。

コミュニケーションスキルの高い敦大と違い、紬実は対人関係もやはり「それなり」なのだ。

「俺にはそう見える。だから、紬実さんに研修でいろいろ教えてもらっているときも、ひとり立ちしてから一緒に仕事をするときも、すごく快適だった」

「馴れ合わないところが？」

「馴れ合わないところが、だよ」

干渉されたくないという意味なのだろうか。

——でも、鬼島くんは誰とだってにこやかに話してた。わたしである必要性なんて、ないのに。

「それに、ほんとうはずっとこうして触れたかった」

「え、あっ」

足首から膝裏までしか上ってこなかった彼の手が、急に腿裏に触れてくる。

「〜〜〜っっ！」

ぞわり、と全身が総毛立った。

触れられているのは太腿だけなのに、腰の奥に甘い感覚が宿る。

「そっ、そのくらいで！　ありがとう、気持ちよかった！」

慌てて起き上がり、紬実はベッドの上であとずさった。

いくつも並べたクッションに、腰が当たる。

この先は窓しかない。もう、逃げる場所がないということだ。

「遠慮しないで。今日一日、痛いの我慢してたなら、体中いろんなところに余計な力が入って疲れてるんじゃない？」

――だとしても、そんなさわられ方したらおかしい気分になるから！

とは言えない。

「鬼島、くん……？」

「逃げないでよ、紬実さん」

彼がベッドに膝立ちになって近づいてくる。

両手が首に触れた。

「っっ、ぁ……」

「かわいい声」

そのまま抱きしめられて、今さら気づく。

――ブラ、してない！

部屋に男性を入れておきながら、あまりに迂闊《うかつ》な行動だ。

いつもの紬実なら、絶対にこんなことはしない。

けれど、今日はいろいろ駄目だった。

体も頭も疲れていて、さらに痛みが追い打ちをかけ、弱りきっていた。

鼓動が、自分の耳にも聞こえるくらい大きく響く。

――でも、これ、わたしだけじゃなくて。

抱きしめてくる敦大の左胸からも、紬実と同じかそれ以上に速い心臓の音が伝わってきていた。

「だ、ダメ」

「どうして？」

「だって、ツノが……」

生えちゃうから。

そう言おうとして顔を上げると、天井の照明を真上から浴びた敦大のひたいには、すでに薄くふたつの突起が見えはじめている。

――え、もう……？

「もう、遅いよ」

甘い吐息のような声音で、彼が笑う。

「待って、わたし……」

「待たない」

敦大にキスされるのは初めてではないのに、唇が触れた瞬間、体中に電気が走る。

背筋が痺《しび》れて、逃げようとしても動けない。

彼の情欲が、唇から感染する。

あるいは、最初から紬実が欲していたのかもしれない。

それが証拠に、自分から舌を絡めていた。

互いの口腔の異なる温度が、快楽を誘う。

抱き合えばぬくもりを感じられて、くちづければ甘く蕩《とろ》ける。

——これは、何？　こんな感情、なんて呼ぶの？

過去に好きだと思った恋人相手でも、自分から積極的にキスを返したことなんてなかった。

パジャマのボタンをはずされて、身頃が左右にはだける。

白い肌が空気に触れてなお、紬実は自分がこのままどうなってしまうのか、考えられずにいるのだ。

「……っ、は、ぁ……」

長い長いキスから解放され、紬実は喉を反らして空気を吸った。

——頭がクラクラする。鬼島くんのキスに酔ってるのかもしれない。

のけぞったまま、天井を見つめる。

そこに、何かの答えがあるわけでもないと知っている。

「！　や、何……っ」

急に胸元で甘い刺激があふれ、体をよじった。

「何って、お返し」

——お返し？

敦大は、紬実の腰を強く抱いて固定し、左胸の先をちろちろと舌先であやしているではないか。

先端が疼《うず》く。腰が揺れる。

「や、ぃ、いらない、お返し、いらないから……っ」

「返品不可だから、諦めて」

焦《じ》らすようにかすめてばかりの赤い舌が、乳暈《にゅううん》をくるりとなぞった。

「っっ……！　ん、ぅ……っ」

「紬実さん、俺は初心者なんで訊《き》きますけど」

「な……、ぁ、あっ」

「今、乳首が勃起してるんですよね？　これって、俺に弄《いじ》られて感じてるって思っていいですか？」

わざとらしく敬語で煽ってくる彼に、いっそう胸の頂《いただき》が感じてしまう。

「知らな……っ、ぁ、やめ……っ」

答えずに逃げようとする紬実を、彼は逃がしてくれない。

ひたいのツノが伸びて、同時にスーツの下腹部が張り詰めていく。

「ほら、ちゃんと教えてよ。先輩なんだから、ね？」

「あ、あっ……！」

唾液で濡れた乳首を、指できゅっとつままれる。

つかまれた腰が、がくがくと震えた。

「か……っ、んじ、てる、感じちゃうから、やめて……！」

慣れたひとり暮らしの部屋の、お気に入りのベッドの上。

ツノを生やして欲情する後輩に、胸を強く吸われた。

「ひ、ぁ……ッ」

逃げを打つ腰を引き寄せ、敦大が太腿の間に右膝を割り込ませてくる。

ショーツ越しに、彼の膝頭が紬実の秘所をこすった。

「っっ……、ん、っ……」

まだ触れられてもいないのに、柔肉に挟まれた花芽がぷっくり腫《は》れている。

紬実は必死に両手で口を覆《おお》って、声を殺そうとした。

「ふ……っ、ぅ……」

「声、聞きたい」

「んっ……」

「紬実さんのいやらしくてかわいい声、聞かせてよ」

声をこらえると、涙がにじむ。

薄く膜の張った目で、紬実はぶんぶんと首を横に振った。

まだ濡れた髪が、肩口で小さく水飛沫《しぶき》を散らす。

――や……、胸元にかかって……

びく、と体が震えた。

「すごいかわいい顔してる。俺の彼女の顔？」

「やめ、やめてぇ……っ」

「やめられると思ってんの？」

熱い舌が絡みつき、快感ともどかしさに胸の先がひりつくようだった。

「きじま、くん……」

彼のひたいに生えたツノが、力強く天を向いている。

――さわりたい。

理由なんてわからないけれど、そのツノに触れてみたくて。

紬実は手を伸ばした。

「あっ……」

いつもより高い声で、敦大が顔を背ける。

彼の体がビクッと震えたのを感じて、紬実も身をすくめた。

「それ、さ」

「……うん？」

「実は、性感帯だって気づいてた？」

「えっ、そんなの知らな……あ、やあっ」

下着越しに、彼の雄槍がこすりつけられる。

「やめ……っ、ぁ、や、やだ、あっ」

「暴れると、入っちゃうかもしれないよ」

「ウソ、待って、お願い……」

いつの間に、と思うけれど、当たっているのは抜き身の状態だ。

――こんな、こすりつけられたら……

ブルッ、と紬実は全身を震わせる。

腰から背骨を伝って、脳天まで甘い快楽が突き抜けた。

「これ、邪魔だね」

「！　待って、鬼島くん、ほんとうに……っ」

下着が脇に寄せられ、柔肉があらわになる。

それを指で開いて、彼が自分の劣情を縦に挟み込んだ。

「もっと声聞かせて。紬実さんの声、俺も興奮する」

――興奮って、それまずいのでは？

「っ、ダメ、ツノ、出てるから……っ」

「紬実さんのせいだよ？」

さわったことを指しているなら、それはそうだろう。

動揺している紬実を見下ろして、敦大が腰を揺らしはじめた。

「やっ……、あ、あっ、ダメ、お願い、ダメぇ……！」

「気持ちいい、紬実さん……っ」

動けないほど強く抱きしめられ、彼の動きに揺さぶられる。

蜜口を先端がかすめ、花芽までひと息にこすり上げられて、紬実は泣きそうな声をあげた。

繰り返し、何度も。何度も何度も、敦大が紬実の間《あわい》を劣情で往復する。

「ほんと、に……っ、ダメ、もぉ……っ」

——なのに、気持ちよくて、抗《あらが》えない。このままじゃ、わたし……

また手でしてあげなければいけなくなってしまう。

それどころか、このまま彼としてしまいたくなる自分を知っている。

「鬼島くん、もう……」

「俺のこと、ほしくなった？」

「そ、そうじゃなくて、もうやめないと！」

「今やめても、俺のツノは戻らないんだけど？　知ってるでしょ、紬実さん。イカないと収まらないって」

「っっ……！　部屋帰って、ひとりでしてよ！」

「無理でしょ。このまま外に出たら、人に見られる」

「そうしたら、その人と恋人になれば？」

「へえ、そんなイジワル言うんだ？」

敦大がネクタイを引き抜いた。

ワイシャツの襟元のボタンを片手ではずすと、両腕で紬実の体をしっかりと抱きしめる。

「なに、を……きゃあっ」

密着したまま、ぐるりと天地が入れ替わった。

「っっ……！」

次に目を開けたとき、紬実は仰向けの敦大の体を跨《また》いだ格好になっている。

濡れた部分がくちゅ、と音を立てた。

——わたし、こんなに……

「や……、押しつけないで、やだ、やだっ……」

「ああ、濡れてるんだ？」

「そっ……ぁ、ああ、っ……」

ベッドの上で膝を立て、必死に腰を引く。

シーツに足の爪が食い込むほど、両脚に力を込めた。

「ね、紬実さん」

腰を揺らしながら、彼が名前を呼ぶ。

自分の名前が、甘く熟れた果物にでもなったような気がした。

「教えてよ。いつもこんなに濡れるの？」

「ど……っして、そんなこと、ばっかり……」

「言っただろ。俺、童貞だからね。あなたの体のことが知りたいんだ」

――彼女の、でしょ。わたしの体じゃない。

「俺にこすられて、感じてるんだ？」

「そ、うよ。感じてる。んっ……、そんなの……」

生理現象だ。紬実だってわかっている。

だが、同時に今までこんなにも感じたことがあったか、考えてみた。

過去の恋人からは淡白だと言われることが多くて、自分から相手のものに触れたこともなかったと思う。

――それなのに、鬼島くんだけは違う。

天井の照明に、彼のツノの先端が照らされていた。

肌との境目は色が薄く、皮膚と遜色ない色味をしている。

先端に向かうにつれ、赤みが強くなる、美しいツノ。

触れると少しひんやりとして、表面はつるつるしていた。

どくん、と心臓が大きく跳ねる。

「……っ、さ、わりたい……」

「え？」

――鬼島くんのツノに、さわりたい。

紬実は彼の胸をぐっと押した。

膝立ちになっていた敦大が、ベッドに座り込む。

「紬実さん？」

「鬼島くんだって、わたしにさわられて感じるくせに」

座っているだけではさわりにくい。もっと、無防備になってほしい。

「仰向けになって」

かすかに挑戦的な目でこちらを見てから、敦大がベッドに仰向けになる。

紬実はその上に跨って、自分から腰を押しつけた。

「う……」

「動かないでね。わたしにだって、鬼島くんをさわる権利はあるんでしょ？」

彼が言ったのだ。一応の彼女ではない、と。

それがどういう意味なのか。考えることに疲れた。

紬実は雄槍を脚の間に挟んだまま、彼の顔の上に上半身でのしかかる。

「……きれい」

近くで見ると、陶器のようにすべらかなツノだった。

直接握らないよう、彼の前髪を手で押さえて顔を近づける。

喉がひどく渇《かわ》いた。

けれど、これは飲み物ではない。アイスでも、氷でもない。

「紬実さん、何を……」

ぺろり、とその先端を舌で舐《な》めてみる。

「っ、く……！」

――いい声。鬼島くんのこの声、好きだな。

性感帯だと明かしたのは彼のほうだった。

だとしたら、敦大を性的に満たすためには性器に直接触れずともツノを愛撫すればいいのでは――

紬実は、彼の左のツノを歯に当てないよう舌で包んで口に入れる。

脚の間の昂《たか》ぶったものが、ビクンビクンと先端を震わせた。

「……ハ、ぁ……っ」

無味無臭のツノは、口腔よりもずっと温度が低い。

それを舐めしゃぶり、ときに甘く吸い上げる。

「ん……」

「紬実さん、油断しすぎ」

「え、あっ！」

両手で細腰をつかみ、彼が腰を突き上げた。

「んんっ」

ぬちゅぬちゅと、ぬかるんだ部分をこすり合わせて、どちらからともなく腰を密着させる。

「いい子にしてないと、脇から入っちゃうよ？」

――ダメ、待って、ゴムもつけてないのに……！

けれど、もう止まれない。

挿入されていないだけで、ふたりを遮《さえぎ》るものは何もなかった。

紬実は懸命に彼のツノを舐める。

ときに根元に軽く歯を立てて、ときに先端を唇で引き絞って、執拗に彼の感じるというツノをあやした。

「は……っ、そんなにされたら、もう……っ」

「ん、ぅ……、あ、あっ、やだ、イッちゃう、イクぅ……」

ふたりが果てたのは、ほぼ同時だった。

内腿に、遂情《すいじょう》の白濁《はくだく》がとろりとしたたる。

濡れたツノと、汗ばんだ肌。

見下ろした敦大は、せつなげな目でこちらを見上げていた。

・……┃……・……┃……・

壁際に置かれたベッドの上には、クッションがいくつも並んでいる。

何個あるのか気になって数えてみると、大小合わせて五つ。大きさも、クッションカバーの色もバラバラだ。

いちばん小さいものは、三十センチ程度の落花生型をしている。

こんなに並べてどうするのだろうと思っていたが、彼女はそれらをまとめて枕にし、眠っているのを見て納得した。

世の中には、枕の使い方ひとつとってもいろいろな好みがある。

考えてみれば、敦大は九歳で一般社会に戻ってから、修学旅行の類《たぐい》を除いて友人と宿泊すらしたことがなかった。

それはつまり、自分と家族以外の人間がどんな枕を好むのかを知らないということになる。

初めて教えてくれたのが、紬実だ。

「んん……」

ごろん、と寝返りを打って、薄明かりの下、長い髪を邪魔そうに払う彼女が寝息を立てていた。

——紬実さんはほんとうに、面倒くさがりなんだよな。

憧れていた先輩の部屋で、彼女の寝顔を見つめて敦大は目を細める。

ことが終わると、彼女はティッシュペーパーで汚れた部分を拭《ふ》いて、クローゼットからバスタオルを一枚渡してくれた。

『シャワー、好きに使って。ちょっと限界だから寝る。おやすみ……』

ベッドに倒れ込むやいなや、彼女は眠ってしまったのである。

毛布からはみ出た彼女の足首に、敦大が貼った絆創膏。

紬実を所有しているわけではないけれど、まるでそれが自分の証《あかし》のように見えてくる。

美人で有能で、面倒くさがりでちょっと無防備で、けれど他者を完全に拒めない優しいところのある彼女のことが、もう完全に好きだった。

今まで出会った誰とも違う。

そう思うのは、自分が人と本質的な意味でかかわってこなかったせいなのだろうか。

――それだけじゃないな。

『あれだけがんばってるのに仕事を辞めたいと思っているほうが不思議じゃない？』

さも当然とばかりに、そう言ってくれた紬実を覚えている。

彼女は、敦大の仕事を認めてくれていた。

『鬼島くん、モテるでしょ。だから、ふたりでいるのを人に見られたら大変って話』

鬼であることを知って驚いてはいたけれど、その後も紬実は自分を普通の人間として見てくれている。

それもやはり嬉《うれ》しかった。

敦大は、昔からただの自分よりも大きな背景で評価されることの多い人生を生きている。

家のこと、鬼であること、あるいは顔立ちに恵まれたこと。

紬実には鬼島家について話していないが、敦大のマンションを見てある程度察しはついているだろうが、それについても特に言及してこない。

余計なものを排除して、いつもぴたりと敦大に目を向けてくれる。

そんな彼女に惹《ひ》かれるのは、当たり前だろう。

眠っている紬実を見つめて、ふ、と頬を緩める。

初めて小学校の教室に足を踏み入れたあの日から、いつでも周囲の目を気にしなくてはいけない日々を生きている。

九歳の敦大は、それまで政府の管理下にある鬼の育成のために準備された街で暮らしていた。

同年代の鬼の子どもは少なく、勉強はリモート学習がメインだった。

小学校に通うようになってわかったのは、人間は他人に興味を持つことだ。

現に幼いころから大人になって就職した今まで、敦大はずっと老若男女から好意と関心を向けられる機会が多かった。

率直な言葉で表せば、モテ人生である。

だが、愛情を向けられやすいからといって、生きやすいという話ではない。

常に周囲の目を気にしなければいけないということは、鬼であるとバレないよう気を張っていなければいけないと同義なのだ。

思春期を過ぎ、誰もが恋愛に興味を持つようになると、告白される機会が増えた。

だが、モテるからといって安易につきあうわけにいかないと、敦大は理解していた。

鬼であることがバレるのは、もっとも避《さ》けるべきことだと教えられている。

結婚相手にだけは明かしていい。

しかし、前もって知られてはいけない。

いったいどうやって、結婚までたどりつけというのだろう。

本心に蓋《ふた》をして、感情をなるべく平坦に保ち、誰にもほんとうのことを知られないように生きる。

それが、生きているといえるかどうかは、考えてはいけない。

鬼でなくとも、生きる意義なんて知らないのだから。

大学入学以降は、いつか自分の本質を知った上でパートナーとなってくれる相手と出会えることを心のどこかで夢見ながら、同時にそんな人はいないと思うようになった。

だが、新人研修で紬実と出会って、自分にまったく興味を持たない彼女に驚いた。

もちろん今までにもパートナーのいる女性は周囲にいた。

彼女たちは本命が別にいても、やはり敦大に興味を持っているのを隠そうとしなかった。

紬実は違った。

彼女は、敦大に対してだけではなく、いろいろなことに対して少し執着心や興味が薄い。

たとえば、ＳＮＳで話題のスイーツが差し入れされたとき。

女性社員たちは我先に「わたしこれ！」「えー、わたしもそれがいい」と取り合いをする。

紬実はそういうとき、たいてい興味なさそうにしていて、残ったものを手に取る。

一事が万事、彼女は少し他人事だ。

それなりに美人で、それなりに仕事ができて、それなりに要領がいい。

周囲の紬実への評価は上々だったが、敦大からすると面倒くさがりに見えて面倒見のいい、相手との距離感を読める女性だ。

研修中、敦大が同期の女性から言い寄られていたときには、ビシッと言ってくれるところもあった。

それどころか、敦大に対しても、「いい顔ばかりしているとあとで自分が困るよ」とはっきり言ってくる。

彼女のそっけなさや、周囲に同調しようとしない部分を、冷たいという人がいるのも知っている。

敦大は、紬実のそういう部分に助けられてきた。

必要以上に興味を持ってこないでくれる、紬実。

四歳上の大人っぽい彼女に、憧れのような気持ちを抱くのは当たり前だろう。

同時に、大人っぽいのにたまに抜けているところや、要領よく見えて陰で努力しているところ、面倒ごとを嫌いながら頼られると断れないところに心惹かれて——今に至る。

知り合ったころ、紬実には恋人がいた。

——去年の秋には別れていたらしいけど、俺が知ったのはつい最近だった。

あの日。

敦大が、給湯室で鬼化していたのを紬実に見られた日。

彼女は、吊《つ》り戸棚からものが落ちてきたことで驚き、ツノが生えたと思ったかもしれない。

しかし実際のところは違っている。

直前に、紬実が恋人と別れていたと知り、敦大は歓喜していた。

絶対に紬実とつきあいたい。彼女に告白したい。なんなら生涯をともにしてもらいたい。

そんなことを考えていたせいで、感情が昂ぶってしまったのだ。

――だから、俺はこの関係を一応彼女だなんて思ってない。そのうち終わるなんて思っているかもしれないけど、甘いよ、紬実さん。

「うう……ん……」

紬実は、敦大の気持ちなど知らない。

何も知らずに、幸せな夢を揺蕩《たゆた》っている。

・……―……・……―……・

――なんでこうなったんだっけ……?

朝起きたとき、狭いシングルベッドにふたりで密着して寝ていると気づいて、紬実は眉根を寄せた。

昨日、静岡の出張から戻った。

靴ずれで苦しんでいた紬実を、敦大は東京駅からタクシーで江戸川区のマンションまで送ってくれて――

「っっ……!」

体に残る甘い余韻《よいん》。

その意味まで、寝起きの頭でしっかりと理解し、紬実は両手で顔を覆う。

——あー、やってしまった。いや、ヤってはいないんだけど、やらかした。

十二月も半ばだというのに、パジャマがなかった敦大はボクサーパンツ一枚で眠っている。

シャワーは使ったのだろうか。

昨日、最後の気力を振り絞ってバスタオルを渡した記憶はあるけれど。

彼を起こさないよう、そっとベッドから起き上がると、前開きワンピのパジャマはボタンが全部はずれた状態だ。

　１Ｋのキッチン部分に立ち、さらに敦大の眠るベッドに背を向けてボタンをひとつずつ留めていく。

——鬼島くんも鬼島くんだよ。満足したなら、別にうちに泊まらなくたっていいのに。

そこではたと気づく。

もしかして、覚えていないだけで紬実が「帰らないで」と言ったのでは？

右手を頭に当て、電子ケトルでお湯を沸かす。

何はさておき、白湯でも飲んで落ち着こう。

お湯が沸く間に、バスルームを確認し、使用済みのバスタオルを見つけて少しだけほっとした。

食事も準備してあげなかったけれど、とりあえずシャワーくらいは使えたようだ。

さっと着替えを済ませ、出張のボストンバッグから衣類を洗濯機に移す。

沸いたお湯をマグカップに注ぎ、冷めるのを待ちながら朝食をどうしようかと冷蔵庫を開けた。

——カレーがあった。

金曜の夜に敦大に食べてもらおうと作ったカレーだったが、ちょうどいい。

手早く米を研いで、早炊きで炊飯をセットする。

あとはサラダでもあればいい。目玉焼きも、食べるときに焼いてあげよう。

キッチンに立ったままで、ぬるくなったお湯を飲みながら昨晩のことを思い出す。

——結局、妙に積極的に行動してしまった。

はあ、と反省のため息をひとつ。

なぜあんなに、気持ちが盛り上がってしまったのだろう。

もしや、彼のツノには催淫効果があるのでは。

——人のせいにしてる場合じゃない。どう考えても、去年の秋に別れてからずっとひとりだったわたしが、欲求不満だった。

意識したことはなかったけれど、紬実だって健康な二十八歳の女性なのだから、そういう欲求があってもおかしくない。

「おはよう、紬実さん」

もぞり、と彼が動く。まだベッドの中にいるまま、挨拶の声がくぐもって聞こえてくる。

「おはよう。お腹減ってる？」

「すごく」

冷蔵庫から取り出した鍋を温め、カレーの味を確認した。

特に悪くなっている様子もないので、朝食はカレーに決まりだ。

「もうすぐごはん炊けるから、朝カレーだけど平気かな」

「もちろん！」

声とともに、元気よく敦大が起き上がる。

「紬実さんが俺のために作ってくれたカレー、楽しみだな」

「……別にたいしたカレーじゃないよ。誰が作っても同じようなものでしょ」

「違うよ。初めての彼女が、初めて俺に作ってくれた料理なんだから」

――やっぱり、彼女のいる生活というのが重要なのかもしれない。

とはいえ、それほど恋人らしいことをできるわけでもないし、恋人ごっこの延長線みたいなものだ。

喜んでもらえるのは、紬実だって単純に嬉しい。

二口コンロのもう片方で、フライパンを熱する。

冷蔵庫を開けて、卵を二個と、レタスと玉ねぎとパプリカを取り出した。

――スープ……を作る余裕はないな。

諦めて、スープカップにインスタントの粉末スープを準備する。じゃがいものポタージュ。

ケトルに水を足して再度沸騰させながら、炊飯が残り二分と表示されているのを確認して目玉焼きを作った。

ボート型の食器にカレーを盛り付けて、折りたたみテーブルを部屋の真ん中に置き、料理を運ぶ。

さっきまでボクサーパンツ一枚だった敦大は、いつの間にか昨日のワイシャツとスーツを着ていた。さすがにネクタイまでは締めていない。

　エアコンはつけたものの、まだ部屋は少しひやりと寒い。

「紬実さんのカレーだ」

　敦大は、早速スマホを取り出し、何枚も撮影しはじめた。

「映《ば》える盛り付けでもないから、そこまで写真撮らなくても……」

「俺の人生の記念」

　テーブルに、インスタントのスープと簡単サラダ、目玉焼き付きのカレーライスが並んだ。

　初彼女。

　その言葉に心が躍るのは、少しわかる気がした。

　特に彼の場合は、いろいろ事情が違う。

　秘密を知られてしまう心配がない紬実相手なら、安心して過ごせるということもあるのかもしれない。

「いただきます」

「はい、いただきます」

　一応味見はしておいたが、空腹は最高のスパイスである。

　敦大だけではなく紬実もまた、かなりお腹が空いていた。

　――ん、思ったよりおいしくできてる！

「うっっっっっま……！」

スプーンを握りしめる彼は、目をキラキラと輝かせている。

まるで子どものように、頬を紅潮させた姿が愛しい。

「紬実さん、天才なんじゃないの？　俺、このカレー百杯食べられる」

言うが早いか、もりもり食べる敦大は、食べ方がきれいだ。

すごい速度でカレーを吸い込んでいくのに、よく噛《か》んでいる。

ひと口が大きいことに気づいて、かわいいなと思った。

「おかわり、いる？」

「いる」

「目玉焼きも？」

「いいの？」

頷《うなず》いて、立ち上がろうとした。

テーブルについた手を、彼がつかむ。

「ん？」

ごくり、と彼の喉仏が上下した。

「ありがとう、紬実さん」

「……うん。こちらこそ、昨晩はありがとう」

「これからも、ありがとう」

——これからも？

「おかわり、準備してくる」

「うん」

彼の手が離れると、つかまれていた手首が少し物足りない。

部屋がまだ暖まっていないせいだ。

自分にそう言い聞かせて、紬実はキッチンに立った。


「それじゃ、俺はこれで」

朝食を終えて、食器を洗ってくれた敦大が早々に荷物を持って立ち上がる。

――え、もう?

そんな気持ちが顔に出ていたのだろうか。

彼は、紬実を見て小さく肩をすくめる。

「寂しい?」

「……そういうことじゃないけど」

「紬実さん、出張で疲れてるでしょ。無理させたくないから」

「それは鬼島くんも同じじゃない」

「俺は体力あるよ。鬼だからね?」

玄関で靴を履く彼の背中は、いつもより広く見える。

ドアを開けて、帰ろうとしてから、

「あ、忘れてた」

「何？」

ぐいと腕を引き寄せられ、彼のほうに倒れそうになった。

――え？　えっ？

唇がほんの数秒、重なる。

「……っっ⁉」

「名残惜しいけど、発情すると帰れないから」

優しく頭を撫でてくる彼は、完全に彼氏の顔をしていた。

誰の？　もちろん、紬実の彼氏なのだろう。

「ごちそうさま、紬実さん」

「また、会社で」

彼が玄関を出ていくのと、こらえきれなかった赤面が遅れてやってくるのは、ほぼ同時だった。

――舌、入れてくる？　あのタイミングで⁉

短いキスだったけれど、濃厚で。

その場にしゃがみ込んだ紬実は、膝を抱いて「うう」と小さくうめく。

すると、パジャマのポケットでスマホがブブ、ブブ、とメッセージアプリの新着を伝えてくる。

『ちゃんとすぐ鍵かけないと危ないよ』

相手は敦大だ。

『なんでかけてないってわかるの？』

『俺がまだ、玄関の前にいるからだよ』

そっとドアスコープを覗《のぞ》くと、ほんとうに敦大が立っている。

『そっちこそ、早く帰らなくていいの？』

『日曜だよ。予定なんてない』

ドア越しにメッセージを送り合うふたりは、なんだか少し子どもっぽくて、なんだか妙にせつない。


かちり。

施錠の音が聞こえたのか、ドアの向こうで敦大がスマホから顔を上げる。

『またね、紬実さん』

ドアスコープに向かって、彼が手を振る。

すぐに姿が見えなくなり、紬実は冷たいドアに頬を寄せた。

——妙にドキドキさせるなあ、鬼島くんって。

こんな気持ち、彼はきっと知らない。

年下の後輩に対して、本気になりそうな紬実のことなんてきっと——

・・・・・・|・・・・・・・・・・|・・・・・・

仕事が終わって、ＪＲ中野《なかの》駅の改札付近で彼を待つ。

十二月も半分が過ぎた。

お気に入りのマフラーが活躍する夜、気温は日に日に低くなる。

——鬼島くんも、最近はいつもマフラーしてる。

あと十日もすればクリスマスだ。

——何をあげようかなあ……

「西尾《にしお》さん」

そこに、マフラーを首にかけただけで喉元の寒そうな敦大が走ってきた。

「急がなくていいのに」

「駄目ですよ。風邪を引かせるわけにはいきません」

立ち止まった彼が、北風にはためくマフラーをきちんと巻いてコートの中に入れ込む。

——頬と鼻が赤い。会社からずっと走ってきたのかも。

「今日なんですけど、前から行きたい店があって、一緒に行ってもらってもいいですか？」

「うん、連れてって」

「……え、」

——『え』って何？

返事をして、当惑されるとは紬実も思わなかった。

彼は口元に拳《こぶし》を当て、顔を斜めに背ける。

「なんか今日、西尾さんかわいいです」

「い、いつもどおりだよ」

だが、言われてみれば——

——普通に、彼氏といるときの態度取っちゃった。

自分でも無自覚に彼女ムーブをしていたと気づいて、彼とは反対に顔を向ける。

たぶん、だんだん、彼氏彼女っぽくなってきているふたり。

「手、冷たくないですか?」

「あ、手袋あるよ。いる?」

「そうじゃなくて」

大きな手が、紬実の右手を握った。

自分でも気づかないうちに、手が冷えていたらしい。

敦大のぬくもりに包まれて、手だけではなく心までじんわり温かくなる。

「……そういうこと?」

「そういうことです」

ふたりは電車に乗って、彼の行ってみたい店へ向かう。

「なんのお店なの」

「普通に食事もできますよ」

——食事もってことは、ほかに何が?

やってきたのは、穏《おだ》やかな明かりに包まれた住宅地だ。

その中で、一軒だけキラキラと光を振りまく建物がある。

ウッドデッキ風の階段と小さなテラス席、そこにヴィンテージの自転車を置いた店は、軒先からフェアリーライトを吊るしている。

「かわいい、フェアリーライト」

そう言った紬実に、敦大が首を傾げた。

「フェアリーライト？　何か、妖精でも見えた？」

「違うよ。ほら、あそこのテントから下がってる小さい電飾がいくつもついた照明があるでしょ？」

「うん」

「あれ、フェアリーライトっていうの」

「紬実さんは物知りだな」

つないだ手を、彼がぎゅっと握ってくる。

会社から遠くなると、敦大は自然と敬語ではなくなった。呼び方も「西尾さん」から「紬実さん」に変わる。

考えてみれば、ずいぶん器用に口調を操る人だ。

「ねえ、鬼島くんって」

「お店、入ろうか」

ふたりの声が重なり、どちらからともなく足を止める。

目的地は、このフェアリーライトのレストランだったらしい。

「鬼島くんって、何？」

「え、あ、なんでもない。お店、入ろう」

「気になるなあ」

手を離し、彼がドアを開けてくれた。

エスコートしてもらうのは、ときどきくすぐったい。

だが、敦大はそういう心のくすぐり方を得意としている。無意識なのかもしれないが。

「いらっしゃいませ。二名さまですか？」

「はい」

「こちらのお席にどうぞ」

メニューを選ぶときに聞いたのだが、この店はパフェが有名らしい。

――鬼島くんって、甘いもの食べるイメージないけど。

温厚イケメンと呼ばれて久しい敦大だが、真顔でいると目つきは少々きついほうだ。

笑うとへにゃりと目尻が下がる。

――たしかに、笑ってるときの鬼島くんは甘いもの好きそうな……

「紬実さん、決まった？」

「うん」

「じゃあ、注文しよう。――すみません、オーダーいいですか？」

ふたりで食事をシェアして、アルコールを頼んだ。

デザートには、店の人気メニューだというパフェをそれぞれひとつずつ。

料理もたくさん頼んでいたので、紬実はミニチョコバウムパフェにした。

一方、敦大はビッグフルーツマウンテンパフェである。

「お待たせしました。こちらミニチョコバウムパフェと、ビッグフルーツマウンテンパフェかき氷つきです」

――かき氷つき⁉

テーブルに置かれた彼のフルーツパフェは、パフェグラスがかき氷のガラス皿の中央に配置され、周囲にメロン味らしいかき氷が盛り付けられていた。

高さ、およそ四〇センチ。

飾り用の花火がパチパチと火花を散らした。

「写真撮らないと。紬実さん、少し体を低くしてこっち向いて」

「え、あ、なんで」

「いいから、はい」

――……パフェだけでいいのに、わたしも？

そうはいっても、いざ写るとなれば紬実だって笑顔のひとつも取り繕う。

「いい写真。見る？」

「うん」

彼のスマホを受け取ると、巨大パフェとその横で微笑む自分が写っていた。

紬実のミニチョコバウムパフェは、小さめのパフェグラスの下のほうにたっぷりコーンフレークが詰まっている。

グラスの上半分にはアイスクリームと生クリーム、グラスより上にはカットしたバウムクーヘンとイチゴ、ミントの葉、そしてミニドーナツとチョコレートソースが飾られていた。

「！　おいしいっ」

思わず声が弾《はず》む。

パフェを食べるなんて、どのくらいぶりだろう。

「こっちもおいしい。紬実さん、ひと口食べる？」

「うーん、じゃあ、ひと口。交換する？」

「そうしよう」

てっきりパフェグラスを交換すればいいと思っていた紬実は、敦大がスプーンでフルーツとクリームを差し出したのを見て目を丸くする。

「え、これは」

「はい、あーん」

――ですよね。そうなりますよね！

ここで断るのも、口を開けるのも勇気がいる。

断った場合は、さらに空気が悪くなるのも覚悟しなければいけない。

「……あーん」

その瞬間、右手でスプーンを、左手でスマホを構えた敦大の手元からパシュ、とシャッター音が聞こえてきた。

「え……!?」

「口を開けた紬実さんがかわいいせいだよ」

間の抜けた顔を写真に撮られた上に、責任転嫁までされた気がする。

さらには、まだ半開きだった口にパフェを突っ込まれた。

むぐむぐと果物を咀嚼《そしゃく》しながら、食べ物に罪はない、と心で唱える。

——最近、鬼島くんはちょっと懐きすぎだと思うの。

だが、それを口に出して言う勇気は持ち合わせていない。あーんするほうが、よほど簡単だった。

「俺にもして」

「……本気？」

「もちろん。あ、写真撮る？」

「撮らない」

「俺が」

「…………」

細長いスプーンで、ザクザクとコーンフレークをかき回す。チョコレートソースにからめて、たっぷりとすくい取ると、敦大の口にどぱっと放り込んだ。

――写真を撮る余裕なんて与えない！

してやったり、と顔を上げれば、敦大は嬉しそうだった。

なるほど、あーんして食べさせることを断られないように、さらに嫌がられる写真撮影をほのめかし、あーんだけは死守したということだろう。

――詐欺師の手法……

ふう、と息を吐《は》いて、紬実はしんなりしたコーンフレークを口に入れた。

「間接キス」

「ん？」

「紬実さんと、間接キスだ」

そこまで計算して、ひと口交換しようと言い出したのなら、敦大は紬実が思うよりよほどの策士だ。

――直接キスもしてるのに、間接キスで喜ぶ。これが四歳の年の差か。

彼がおいしそうにパフェの続きを食べるのを見つめて、呆《あき》れるよりも愛しさがこみ上げてくる。

まったく、どうしてなのかはわからないが、否定しきれないひとつの感情。

――わたし、鬼島くんに惹《ひ》かれはじめてるんだ。

食事を終えて店を出ると、寒そうな細身の男性が「待ってましたよ」と声をかけてくる。

「え、誰？」

「半田《はんだ》さん、こんなところまでお疲れさまです」

半田と呼ばれた男性は、胡散《うさん》くさい笑顔で内ポケットから名刺を一枚取り出した。

「厚労省の半田と申します」

「ちょうだいいたします。アミジックビバレッジ広報部の西尾です」

「お名刺、ちょうだいいたします」

突然の野外名刺交換会に、紬実はどんな顔をしていいのかわからない。

――待ってたって、約束してたってこと？

厚労省の役人と名刺を交換するなんて、人生で初めてのことだった。

「私《わたくし》、鬼島敦大さんの担当をしています。あ、担当というのはご存じかもしれませんが、ＪＤ化の件についてです」

「ＪＤ、化」

「ジャパニーズデビル、略してＪＤというのが鬼変異性を持つ人々の総称です」

鬼とはっきり言うのがよろしくないから、ジャパニーズデビルなのかもしれないが、それはそれでけっこうなインパクトのある言葉だ。

「やはり、ご存じでしたか」

「！」

平然と聞いてしまったが、本来、紬実は敦大の鬼であるという特徴を知っていてはいけない。

——しまった。

どうしよう、と敦大を見上げると、彼はなんということもない顔で頷いてきた。

「半田さんは、いつも突然現れるんだ。僕の居場所を把握してるんです」

——いや、そこじゃないんだけど。

「GPSでもつけられてるの？」

居場所を把握されているというのは、また別の問題である。

「そんな非人道的なことしませんよ。会社からふたりのあとをつけてきたんです」

——堂々と尾行してたって言うほうもどうなの？

半田は特に自分の行動に疑問はないらしく、そのまま話しつづけた。

「最近の報告で、ついに鬼島さんに恋人ができたと知りまして、これはご挨拶に来なければと思ったんです。西尾紬実さん、あなたは彼の秘密を知っている。間違いありませんね？」

「……はい」

——もしかして、わたしは洗脳コースに入れられるのかもしれない。だけど、それよりも鬼島くんが会社を辞めることになるほうがよくない。これは、慎重に返事をしないと。

「その上で、おつきあいをしていらっしゃると」

「ええと、一応、そうなりますね」

面と向かって尋ねられるのは初めてのことで、少しばかり気恥ずかしい。

「紬実さん、一応じゃなく彼女だって言ったよね？」

「え、今、それって重要なこと？」

「重要だよ。俺にとっては」

「おつきあいをしているって肯定したんだからいいじゃない」

「堂々と、俺の彼女だって言いたい」

「うん、どうぞ」

夜の住宅街で、ふたりの話す姿を見て半田はにんまりと口角を上げる。

「なるほど、おふたりは良い関係を築いているということがわかりました」

——今ので何がわかったの？？？

「鬼島さん、次回の健康診断の通知書です」

「ありがとうございます」

「性交をされた場合は、その際の身体変化についても後日詳しくお聞かせください」

「わかりました」

「それでは邪魔者は去ります。良い夜を！　性交の件、くれぐれもよろしく！」

——厚労省のエリートって、変な人……

現れたときと同じくらい唐突に、半田は去っていった。

そのうしろ姿を眺《なが》めて、紬実はため息をつく。

「紬実さん」

肩を落としていたところに、耳元に顔を寄せて敦大が名前を呼んだ。

「わっ、な、何？」

あとずさり、彼の吐息がかかった耳を手で押さえる。

「性交って聞いて、どきっとした？」

「……そんなの、いちいち反応していたら大人やってられないよ」

「だったら、今夜こそ試してみようか？　半田さんもご期待のようだったからね」

「童貞が調子に乗らない！」

声を絞って、紬実は彼を睨《にら》みつける。

だけど、そんなことを言いつつ、心拍数は上がってしまう。

——挿《い》れてなければセックスじゃない、とも言い切れないと思うけど、童貞にとっては挿れたかどうかが大問題なんだろうな。

「あーあ、残念。でもいいよ。紬実さんのかわいい声も顔も、ちゃんと俺の脳内に残ってるから」

人差し指でこめかみを指して、彼が笑う。

冬の冷たい空気の中、空には細く三日月が浮かんでいる。

フェアリーライトの揺れる店を背景に、敦大の笑顔が紬実の心に刻まれた。

・・・・・・・・・・・・・・・・・・

クリスマスの六日前。

その日は、今年いちばんの冷え込みだとネットニュースに書いてあった。

もしかしたら雪が降るかもしれない。

お気に入りの白の透かし編みニットと、ベージュのマーメイドスカートに厚手のコートを着て、紬実は寒波に備えた。

――だけど、それは残業するためじゃなかった……

今年一年目の川谷《かわたに》が、トんだ。

前々から、どうにも仕事に馴染《なじ》めないのはわかっていた。

サポートできる範囲でしてきたつもりだったが、足りなかったのかもしれない。

ついに、すべての納期とすべての〆切を無視して、川谷は会社に出社しなくなってしまった。

先週末も休んでいたけれど、週明けになって彼が抱えていた仕事がひとつも終わっていないことが判明し、慌てた上長が電話をかけたところ、携帯電話が解約されていたのだ。

明日、課長と主任が様子を見に行くことが決まっているけれど、この分ではすでに部屋を引き払って実家に帰っていてもおかしくない。

「はあ、面倒なことになったなあ」

二十二時を過ぎたオフィスで、紬実はひとり、パソコンに向かっている。

月曜から残業する羽目になるとは、さすがに思いもよらなかった。

ちなみに、ひとりですべての責任を引き受けたというわけではない。

本来、今日の昼までに提出しなければいけなかった案件は、勤務時間内に手分けをして仕上げた。

明日の朝までに必要な資料の作成があって、どうしてもこれだけは今日中に終わらせなければいけない。

何人か、手伝いを申し出てくれた。

『大丈夫、ひとりでもなんとかなる量だから』

アミジックビバレッジの広報部は、比較的出張と残業が少ない部署だ。

そのため、子育て中だったり、余暇をいかして語学学校に通っていたりする者も多い。

それぞれが自分の仕事を後回しに、今日一日ほとんど川谷の後処理に回ってくれた。

これ以上、ほかの同僚に迷惑をかけるわけにはいかない。

——わたしは、川谷くんの研修担当だったわけだし。

昨年担当した敦大の出来がよすぎたのもあって、川谷は周囲から「このくらいもできないの？」と見られることが多かった。

当人にすれば、それも負担だったのだろう。

コーヒーに手を伸ばし、紙コップが空《から》になっていると気づいた。

カフェインが切れては効率も下がる。

紬実は休憩所にあるドリンクコーナーに向かった。

こういうとき、ドリンク全品飲み放題の会社にいてよかったと思う。

広報部と宣伝部のある十四階は、しんと静まり返っている。

廊下を歩く自分の靴音が、やけに大きく聞こえた。

コツ、コツ。

どこかでエレベーターの音がした――ような気がする。

――う、夜のエレベーターって苦手。

子どものころに読んだ怪談を思い出し、思わず早足になった。

休憩所に着くと、窓の外に都心のビル群が鮮《あざ》やかな光を放っていた。

ドリップコーヒーを扱っている自販機で、ホットコーヒー、砂糖なし、ミルク少なめを選ぶと、内部から稼働音が聞こえてきた。

普段なら立ったままで待っているけれど、誰もいないのだからだらけていたって文句を言われることもあるまい。

「ふあー」

紬実はベンチに座って、天井を仰《あお》ぐ。

目を閉じて、かすかに香ってくるコーヒーを嗅《か》ぎながら、また川谷のことを思った。

敦大と比較されるのは彼にとっても辛《つら》かっただろう。

しかし、川谷には川谷の良いところだって――たぶんあった。今、ぱっと思い出せないだけで。

ピー、ピー、とコーヒーができたのを知らせる音が鳴る。

それにかぶさるように、コッコッと靴音が響いた。

ぞわり、と背筋が冷たくなる。

宣伝部でも残業している人がいるのかもしれない。あるいは、警備員が見回りに来た可能性もある。

――わかってる。怖い話は現実に起こらない。あれは人間……！

「愛情の……」

「ヒッ！」

ベンチの上で、紬実は五センチほど宙に浮いた。

――ん？　愛情の？

その声には聞き覚えがある。ありすぎる。

振り返った紬実に、

「愛情の配達便はいかがですか？」

と、敦大がドーナツショップの紙袋を軽く持ち上げて、尋ねてきた。

「そんな驚かれるとは……、え？　ちょ、紬実さんっ⁉」

だばー、と頬を何かが流れる。

紬実は昔から、クールだと言われることが多かった。おそらく、同世代の子どもより諦めがよかったからだ。

そして昔から、あまり動じない子どもだと言われることも多かった。感情的になることの少ないタイプだったせいだろう。

けれど。

とにかく、昔から怖い話や怪談、都市伝説の類《たぐい》が大の苦手だったのである。

「ごめん、泣かせるつもりはなかったんだ。怒った？　気分悪くした？」

——違う。怖かった。そして、緊張がほどけたとたん、勝手に涙が出たの。

と、言いたいけれど、何も言えない。

ヒックヒックとしゃくりあげて、両手で顔を覆《おお》っていた。

「うわ、ほんとうにごめん！」

それから数分、自分でも止められない涙に困りながら、慰《なぐさ》めてくれる敦大に甘えることになった。


休憩所のテーブルに、ドーナツが並んでいる。

紬実の目の上には、敦大が濡らしてきてくれたハンドタオルがのっているため、今は見えない。

「コーヒー、冷めてるな」

自販機に置きっぱなしだったのを、彼が出してきてくれる。

出来立てのコーヒーが冷めるほどの時間、泣いていたと思うとさすがに恥ずかしい。

「もう一杯、淹れる？」

「ううん、ぬるくて平気」

目元のハンドタオルをはずし、テーブルに置いた。

おそらく、化粧が落ちて情けないことになっている。けれど、泣かなくたってどうせ残業でメイクはよれていたことだろう。

それよりも、今は目の前のドーナツが気になる。腹が減っては戦はできないのだ。

「こんなにたくさん、嬉しいけど食べきれないよ」

「一緒に食べれば？」

「それもそっか」

最初に手を伸ばしたのは、疲労回復のために砂糖をたっぷりアイシングしたドーナツグレーズ。アイシング部分に、バニラの風味があってとてもおいしい。

「生き返る……！」

「どこまで進んだ？」

自分の分のコーヒーを手に、敦大が正面の椅子に腰を下ろした。

「昨年度の売上分析してもらった資料のまとめ」

「それって、プレゼン資料まで作るんだっけ」

「そう。明日の朝までにね」

――なんでこんなギリギリになってできてなかったことがわかるかなあ。けれど、明朝になって、資料がないとなるよりはマシだと考え直す。

川谷も川谷なりにがんばっていた。

彼が無断で欠勤するようになったときには、もう限界だったのだろう。

「よければ、俺も手伝うけど」

「ふふ」

「……どうして笑ってるの？」

「いや、職場なのに鬼島くんが『俺』って言うの珍しいなと思って」

「ふたりきりだからだよ」

口元についた砂糖を、敦大が指で払ってくれる。

そのまま、同じ指で頬を撫《な》でられた。

「鬼島くん？」

「ふたりきりだから」

甘く微笑む敦大は、温厚イケメンの仕事モードとは別人だ。

危険な香りを漂わせ、フェロモン全開のまなざしで紬実を誘っている。

「ふたりきりだけど、ここ職場だからね」

「知ってる」

「じゃあ、あの……」

——知ってるなら、どうしてそんな顔をするの？

「キスだけなら、マジメな紬実さんも許してくれるんじゃないかなって」

「……どうしてそう思ったの？」

「キス待ち顔してるから」

そんな顔はしていない、と思った。

けれど、もしかしたら彼の言うとおりなのかもしれない。

考え込んだ紬実に、敦大が立ち上がって長身の体を折りたたむように腰を曲げた。

そのまま、テーブルを挟んでキスをする。

ドーナツの甘さが、ふたりの舌で分け合われていく。

「ん……っ……」

舌を絡めて濃厚に、敦大が紬実を求めた。

手にしたドーナツが、テーブルに敷いたナプキンに落ちたのをきっかけに、紬実は身を引く。

「これ以上、ダメ」

「どうして？」

彼の目が、告げている。

足りない、もっとキスしたい、と。

——きっと、わたしも同じ顔をしているんだろうな。

ここがどちらかの部屋だったら、キスを終わりになんてできなかった。

キスで終われるかどうかも、怪しかったと思う。

「紬実さん」

無言でいると、彼がまた顔を近づけてくる。

けれど、紬実は右手のひらを彼のほうに向けて、

「ツノが生えるから、だよ」

と頷いてみせた。

その言葉に、ふたりで顔を見合わせて笑う。

どうしてだろう。

心が、磁石に引き寄せられる砂鉄のように、彼のほうに引っ張られていく。

――こんな夜に、そばにいてくれる。わたし、鬼島くんのことが……

その先の気持ちを、胸の中ですらまだ言葉にしたくない。

窓の外、寒波が訪れる夜。

クリスマスを前に、ふたりはもう一度だけ隠れてキスをした。

東京に、雪はまだ降らない。

・・・・・・・・・・・・・・・・

敦大が手伝ってくれたおかげで、電車で帰宅することができた。

時刻は午前一時近く。

電車がなくなると困るから、送ってくれなくていいと言ったのだけれど、敦大は頑として譲らなかった。

恋人を家まで送るのは、自分の権利だと、彼はそう主張した。

――鬼島くんはわたしの彼氏。だからって、甘えすぎな気もする。

「鬼島くんのおかげで、家で寝られるよ。ありがとね」

「彼女には、会社に寝泊まりなんてしてほしくないです」

「う、うん。それもそっか。でも、ほんとうに助かりました」

――上がっていく？　と訊くには時間も遅い。

なんとなく離れがたくて、お互いに無言になる。

会社の休憩所ではキスできたけれど、今したら絶対にツノが生えるとわかっていて。

「コーヒーでも飲むって、訊いてくれないの？」

「そんな古いドラマみたいなセリフ、言ったことない」

「今日はありがとう、お礼に……、とかでもいいんだけど」

「お礼に何させる気？」

「俺に言わせたいの？」

急に顔を覗き込まれて、目をそらした。

――言わせたいっていうか、それほぼ言ってない？

「明日も早いんだから、気をつけて帰ってね」

「それだけ？」

「っっ……ドーナツ分は、キスで返したでしょ」

「送り狼《おおかみ》分は？」

「自分でオオカミって言わない！」

「ねえ、紬実さん」

ふう、と彼が耳に息を吹きかけてくる。

「！！！！」

――ヘンな声出るかと思ったじゃない！

ここは、紬実のマンションの外廊下なのだ。

夜遅くに、玄関先でいやらしい声なんて出したら、この先の生活に支障が出る。誰が聞いているかもわからないのに。

「クリスマス、俺の部屋で過ごそう？」

「な、なに、急に……」

「そうじゃないなら、今夜抱く。どっちがいい？」

「……っっ」

彼はいつだって、年下とは思えないほどに紬実をコントロールするのがうまい。

今だって、その二択では前者を選ぶしかないのだ。

「どうする？　今夜？」

ぶんぶんと髪を揺らして、首を横に振る。

「じゃあ、クリスマスにね」

「……き、気をつけて帰ってね」

「部屋掃除して避妊具買っておく。それじゃおやすみ。明日、また」

ひとり残されて、部屋の前。

紬実は敦大の姿が見えなくなっても、まだ立ち尽くしていた。

クリスマスの夜を、彼と過ごす。彼の部屋で。
彼に、おいしくいただかれるために――

第三章　駄目なら、もうしない

「西尾《にしお》さん、川谷《かわたに》くんと連絡が取れたよ」

水曜日の朝、出社すると主任に声をかけられた。

目下、出社拒否の真っ最中かと思いきや、昨日上席たちと会った上で退職を決めたという。

会社側としては休職も提案したらしいのだが、川谷の決意は固かった。

——きついな。

正直に、紬実《つぐみ》はそう思う。

彼が辞めたことで出る損益の話ではない。

川谷が、新卒で入社した会社をこういう形で辞めて、彼の人生に今後起こりうる影響がきつい。

もちろん、そこまで紬実が責任を負えることではないと知っている。

知っていてなお、もっと何かできたのではないかと思ってしまう。

人の心がかかわる問題は、絶対的な解決策が見つからない。

それでも、望ましくない結果が出てしまったとき、何かしらの解決策を検討しなければ、次に同じような事態が起こったときに困る。

自分も、自分が相対する人たちも。

――わたしが川谷くんにできたこと。感情じゃなくて、具体的な解決策……

仕事の資料を打ち込みながら、頭では別のことを考える。

けれど、やはり考えてもまだ答えは見つからなかった。

「クリスマスが週末っていいですよね」

「わかるわかる。今年は土日ですし」

「今年、お子さんのプレゼントどうするんですか？」

「えー、うちは……」

そんな声が聞こえてきて、ふと手を止める。

――そうだ。今年はイブが土曜日でクリスマスが日曜日なんだった。

『クリスマス、俺の部屋で過ごそう？』

敦大《あつひろ》の言葉が脳裏によみがえってくる。

クリスマスに彼の部屋に泊まるって、会社帰りでもなくアクティブに家まで行くということだ。

――いや、つきあってるならおかしいことじゃないんだけど。でも、つきあってるってほどつきあってるの？　わたしたちって。

一年前に別れた恋人からは、

『紬実って、一緒にいても俺のことそんなに好きな感じしない』

『執着心が薄いっていうか、興味なさそうっていうか』

『そういうポーズなのかもしれないけど、それってぜんぜんかっこよくない』
『むしろ、いい歳の大人がそんなポーズ使うのかっこわるいよ』
と言われた過去がある。

――一応じゃなく彼女だと言われても、好きと言ったこともないし、言われたこともない。

この状態で、どんなアクティブさでクリスマスに部屋に行けるというのだろう。

だんだん心が動いているのを知っているからこそ、彼に気づかれるのが怖い。

恋愛感情で始まった関係ではない。

だから、いずれ終わりが来るときに、同僚に戻れる程度の関係でいることが理想だと思っていた。

――そんな簡単なことじゃなかった。

もしかしたら、紬実はつきあうということを軽率に考えていたのかもしれない。

相手が敦大でも、自分は心揺らいだりしないと勝手に思い込んでいた。

そばにいれば、情もわく。その情が、恋になってもおかしなことではないのに。

――鬼島《きじま》くんは、クリスマスにするつもりなんだよね。

ふたりの間で今までにしてきたことを考えれば、最後の一線を越えることにことさら抵抗があるわけではなかった。

鬼の彼とするセックスは、普通と違うのだろうか。

気持ちがあると違うのだろうか。

今までの恋人たちに感じられなかった、ほんとうに好きという気持ちを、彼になら感じるのだろうか――

気づいたら、敦大のことばかり考えている。

今まで自分は淡白なほうだと思ってきたけれど、もしかしてそうでもないのでは、と紬実は不安になってきた。

――もっと清らかな方向から考えたい。たとえばクリスマスプレゼントは何にする、とか。

だが、考えずとも敦大が喜ぶものはわかっている。

裸にリボンをかけて、プレゼントはわたし方式だろう。

――うーん、そのやり方はちょっと古いけど、とりあえず「わたし」をあげると言って断られるとも思えない、かな。

「西尾さん」

ビクッ、と大きく肩が揺れる。

なにしろ、声の主は紬実が先ほどからずっと考えている相手なのだ。

「……何かな」

おそるおそる振り返ると、彼は困ったように微笑《ほほえ》んでいる。

「さっきから、ひとりで百面相してますけど大丈夫ですか？」

「してないし」

「してた」

「してません」

「してました」

「してても関係ないでしょ」

「じゃあ、クリスマスイブ、十六時に迎えに行きますね」

周囲に聞こえないよう、それだけ言ってさっと去っていくうしろ姿を見送って、思わず頭を抱えそうになった。

――どこが童貞？　誘うのうますぎでしょ……

結局、経験の有無と余裕に相関関係はなく、ようは人間性なのだろう。

年上で経験もある紬実のほうが、よほど余裕がない状況を説明するには、そのくらいしか考えつかない。

――これは、クリスマスにきちんと大人の余裕を見せつけるしかないのでは。

だんだん、思考が間違った方向に走りだしている。

それに気づかないのもまた、人間性の問題なのでどうしようもない。

・・・・・|・・・・・・・|・・・・・

髪を巻いた。

ネットでクリスマス向けのアレンジを探し、普段より気合いを入れてヘアアイロンと格闘する四十分だった。

洋服もこの日のために、新しいトップスを買った。

仕事が忙しくても、ネット通販を使えば服を買うことができる。

肩から二の腕部分の開いた、カットアウトショルダーのニット。

普段から会社に来ていけるデザインではないし、正直、紬実にすれば気合いを入れた買い物だった。

だけど、買った。彼に喜んでもらえるかもしれないと思ったから。

けれど、クリスマスプレゼントだけは仕事帰りに店へ行って選んだものだ。

ミッドナイトブルーとサルビアブルーの、落ち着きすぎず子どもっぽくなりすぎないマフラーにした。

自分のニットよりも、選ぶのにかかった時間は長い。

敦大に喜んでもらいたくて、彼に似合いそうなマフラーをひたすら選別した。

デパート、セレクトショップ、北欧雑貨の輸入店も見てまわり、吟味《ぎんみ》に吟味を重ねてこのマフラーに決めた。

——一応、下着も新調した。気合い入れすぎなのはわかってるけど、あとで後悔しなくていいように。

彼にとって初めての夜だとすれば、先々思い出に残る可能性は否《いな》めない。

敦大が十数年後に「俺の初めての相手、下着に穴が空いてた」なんてことにならないよう、念には念を入れたクリスマスイブ。

恋愛から離れて一年以上が過ぎると、下着なんてそうそう買い替えなくなる。

まして、体型も定まった年齢だ。

今さら頻繁《ひんぱん》に買い替える必要がない。

彼のマンションに着くと、エントランスに敦大が迎えに来ていた。

「部屋で待ってていいのに。寒かったんじゃない？」

「早く会いたかったから。待ってる間も、デートらしいよ」

「……おうちデート？」

「そ、おうちデート」

部屋までの短い散歩を、彼は紬実の手を握って歩く。

「手、冷たいな」

マンションに入って、リビングでコートを脱いだ。

室内は床暖房とエアコンのおかげで、ほこほこに暖かい。

——年下なんて、言われなければ気づかないかも。わたしより、よほど大人だなって思う。

「お邪魔します」

「……紬実さん、肩が」

カットアウトショルダーの肩口を見て、敦大が口元に手をやりちょっと目をそらす。

紬実は、そんな彼を見て心の中でガッツポーズだ。

——大人の余裕勝負、これはわたしの勝ちかな。

「もっと、やばい格好見てるくせに」

言いながら、ふふんと笑って。

彼の目がカットアウト部分に釘付けになっているのを満足げに眺《なが》める。

「それとこれとは別。でも、さわっていい？」

返事も待たずに、敦大が紬実をキッチンカウンターに追い込んだ。

——照れてるのか、やる気なのか、どっち？

「いいね、これ。かわいい」

「あ、ありがとう……？」

彼の指先が、肩に触れる。

指腹ではなく、指の背でそっと撫《な》でられ、紬実はかすかに体をこわばらせた。

「……っ、くすぐったい」

「肩なんて出してきたせいだ」

目を細める敦大は、右手のひらを上に向け、指の背と手の甲を使って肌に触れている。

肩だけではなく、次第に彼の手が喉元に、耳の下に、移動していった。

「だって、クリスマスだから」

「だから？」

「……サービス？」

「じゃあ、安心してたっぷりさわろう。サービスしてもらってるのに、遠慮する必要ないよな」

「ちょっと待って、ツノが」

「さわりたい？」

「そうじゃなくて……っ」

――え、えっと、わたし、もしかして間違えた？

リビングのキッチンカウンターにもたれたまま、肩口にキスされる。

想像以上に喜んでもらえたのはいいのだが、それだけでは済まない状況になっている。

左手で前髪をかき上げた彼が、甘い欲望の宿った瞳でこちらを見つめていた。

「紬実さんさ、俺が初めてだからって油断してるのかな？　――童貞の妄想力、舐《な》めんなよ？」

あらわになったひたいに、二本のツノがにょきりと顔を出す。

「妄想力って、何を……あ、あっ！」

ニットが胸の上までめくり上げられた。

新品の下着が、空気に触れる。

「あの、鬼島くん、今日はクリスマスイブだよね」

「今さら？」

「だ、だから、もっといろいろほら、彼女としてみたいこととかあるんじゃないかなーって」

敦大が、艶冶《えんや》に笑《え》まう。

その笑みは「わかっているくせに」と暗に告げていた。

そう。わかっている。

彼が何を求めているかわかった上で、ここに来た。

「俺がしたいことは、紬実さんが知ってるでしょ」

顔を近づけ、敦大が至近距離でささやく。

あとほんの数センチで、ふたつの唇が触れ合う距離だ。

「……うん、知ってる」

「ははっ、そういうところ好きだよ？」

最後の二センチが、一瞬で詰まって。

「ん、ぅ……っ」

吸い付くように、キスが始まってしまう。

触れた瞬間から、容赦がない。

敦大は紬実の後頭部を手で支え、逃さないとばかりに舌を口腔に割り込ませてくる。

――いきなり、こんな、獣《けもの》みたいに求められるなんて……

熱っぽいキスに、舌が搦《から》め捕られていく。

紬実の舌を中心に、彼が螺旋《らせん》を描く。

ねっとりと舌を愛《め》でられて、次第に息が上がるのを止められない。

「ぁ、ん……っ……、は、ぁ、あ……」

キスの合間に、ブラのホックがはずされた。

ストラップをずらされ、胸元があらわになる。

「んっ……！　ん、んむ……っ」

胸の先を指で弾《はじ》かれて、紬実は高い声をもらした。

「先輩、もっと舌出してよ」

普段はそんな呼び方しないくせに、わざと紬実を煽《あお》る言葉を選ぶ。

後輩にキスされている、とあらためて自覚させられながら、このキスをやめられない。

――鬼島くんのキス、気持ちよくて……ダメになっちゃう。

「う、うう、イジワル……」

「それも、知ってたでしょ？」

わからない。何もわからなくなるくらい、彼のキスが紬実を乱している。

言われるまま、おずおずと舌先を出す。

すると、そこをべろりと舐《な》められた。

「んっ、ぅ……っ」

「かわいい、紬実さん」

「や、そんな、舐めないで」

「嘘《うそ》つき。もっとしてほしそうな顔してるのに？」

左手首をつかまれ、彼の口元に持ち上げられる。

皮膚の薄い部分に、敦大がしっとりと唇を押し当てた。

「もう、逃げられないね」

「鬼島、く……」

「もっとも、紬実さんは約束を破る人じゃないって信じてるけど？」

こんなときに、極上の笑みを向けられるとは思わなかった。

目尻が下がるいつもの会社での笑顔とは違う。

軽く右の口角を上げて、世界を支配しそうな魅惑の微笑を浮かべる彼は、どうしようもないほどに美しい。

誰だって、敦大の前に彼の望むものを差し出してしまうだろう。

——ううん、誰かのことなんてどうでもいいんだ。わたしが……

「約束、だから」

そう言って、紬実も敦大の手首にキスをする。

キス、ではない。正しくは、舌を這《は》わせた。

「……っ、そんなかわいいことされると思わなかったな」

「もっとすごいことだって、したのに？」

考えてみれば、この部屋に初めて来た日に彼の欲望をなだめたのだ。

プライベートで会ったのは、あれが最初。

それなのに、長くつきあった恋人にすらしないような行為をした。

「だったら、俺にもっと教えて。紬実さんのいちばん奥まで、全部」

両腕を広げて、彼が紬実を待っている。

自分から、抱きついてくるのを望む彼に。

「鬼島くんのことも、教えてほしい」

筋肉質な胸に頬を寄せると、体が宙に浮いた。

「き、じまく……」

「もう我慢できない。ツノでわかる？」

「……わかりやすい指針だね」

ふたりはくすくすと笑い合って、ひたいをこつんと突き合わせた。

抱きかかえられたままベッドルームに運ばれると、そこには——

「きれい……！」

遮光カーテンを閉め切った部屋は、まだ夕方だというのに薄暗い。

ベッドサイドに、優しい光を放つクリスマスツリーがまるでふたりを待っていたかのように佇《たたず》んでいる。

ツリーとはいっても、いわゆるもみの木そのものではなく、平面的にカットガラスを組み合わせたものだ。

「チェコガラス？」

「そう。よくわかるなあ。紬実さんの好みに合ってた？」

大小様々な大きさのカットガラスが、緑と赤と白をメインにクリスマスツリーをかたどっている。

過美すぎない大人っぽいツリーは、上品で繊細な美しさを感じさせた。

「うん、好き」

「……俺、今ちょっとツリーに嫉妬したけど」

「ええ？」

ベッドに下ろされて、紬実は小さく笑った。

「クリスマスの色には、すべて意味があるって知ってる？」

彼はベッドの縁に腰掛け、紬実のニットに手をかける。

「……自分で、脱げる」

脱がされるのが恥ずかしいだなんて、今さらなのは知っているけれど。

もぞもぞと服を脱ぎつつ、彼の言葉に耳を傾《かたむ》けた。

「赤は、キリストの血の色。神の愛を表してるのかな。緑は常緑樹、クリスマスだからもみの木だね。それから白は雪の色。金色が、キリストの生まれたときに現れた星を表してるんだって」

「それ、もしかして調べてお勉強した？」

「付け焼き刃がバレたな」

上半身、裸になった敦大が紬実を抱き寄せる。

ショーツ一枚で、胸元をそっと腕で隠す。

彼はベッドヘッドに背をあずけ、紬実を脚の間に座らせた。

すぐに組み敷かれるかと思ったけれど、童貞を名乗りながら相変わらず敦大は余裕がある。

——だけど、これはほんとうに余裕なの？

しなやかな筋肉に覆《おお》われた胸に背を寄せると、腰のあたりに屹立するものを感じた。

そっと彼を見上げる。

すでにひたいのツノは臨戦態勢である。

「胸、隠さないで」

「……うん」

両腕を下ろすと、膝をきゅっと閉じ合わせて、紬実はうつむいた。

きれいに巻いた髪が、表情を隠してくれる。

けれど、背後から伸びてきた大きな手が、そっとサイドの髪を耳にかけた。

「紬実さんの髪、ゆっくりこうして触れてみたかったんだ」

「そ、うなの？」

「そうだよ。それに、髪だけじゃなく体中どこにだって触れたい。キスしたい」

どくん、と心臓が大きく跳ねる。

彼の手が、左右の乳房を優しく包み込んだ。

「……っ……」

「いつもきれいで大人っぽい紬実さんなのに」

——そんなこと、ない。

「今日はすげーかわいい……」

肩口に彼が顔を埋め、胸の先を軽くつまんだ。

「っ、あ……！」

首筋がピリッとせつなくて、胸はもっと直接的に甘苦しくて、腰の奥に疼《うず》きが生まれる。

「んん……っ」

「もう感じて、硬くなってる」

「や、言わないで……」

「かわいいってことだよ」

右の乳暈を親指と人差し指でやわやわと捏《こ》ねながら、左手で乳首をかすかに触れる強さで撫でさすってくる。

左右の感覚の違いが、いっそう紬実を混乱させた。

けれどその混乱は、快感だ。

――右はもどかしくて、左は物足りない。

「……っ、ん……」

「ねえ、紬実さんわかる？　俺がこの体を想像して、何度自分を慰《なぐさ》めたか」

「し、らな……」

「たぶん、あなたが思う十倍以上、あなたを犯すことを考えて抜いたよ」

「な……っ、何、言って……」

「こっち向いて。キスしたい」

焦《じ》れったさに喘《あえ》いでいるところを、左右同時にきゅっと乳首を指でこすられた。

「ひぁっ……ん」

腰ががくがく震えて、紬実は体をよじる。

「ほら、キスしよ?」

「んっ、待って、今……」

「待たないってば」

くるりと体を反転させられ、キスを待って目を閉じた。

けれど、彼の唇は訪れない。

それどころか――

「え、あっ……!」

胸元に熱を感じて目を瞠《みは》る。

敦大は体をかがめ、紬実の胸にキスをしていた。

――さっきまで焦らされていたから、感じやすくなってる。

ぬろ、と舌が乳首に絡む。

そのまま吸い上げられれば、腰が浮きそうなほど全身に快感が広がった。

脚の間に蜜があふれ、そのまま体をベッドに横たえられる。

「キスって……言ったの、に……ッ」

「ああ、ごめん。こっちにもしてほしかった?」

ずるい笑みで、彼が唇を指でなぞった。

キス待ちで甘く腫《は》れた唇が、悔し紛れに彼の指を咥《くわ》える。

もう片方の手で胸元を弄《まさぐ》る敦大は、先端をトントンと指でノックした。

「ん、ん……っ」

「指しゃぶるなんて、誘ってくれるね」

「鬼島くん、が……」

「俺が？」

——キスしてくれないから。

太腿の間に、彼の膝が割り込んでくる。

「してほしい？」

尋ねられて、紬実は素直に頷《うなず》いた。もう、大人の余裕なんて考えられない。

「言って」

「や……、やだ」

「なんで、言ってよ」

きゅ、と蜜口が何かを咥え込みたいとばかりに引き絞られる。

隘路を伝った媚蜜が、柔肉の内側に満たされていた。

「……し、て」

「俺にしてほしいの？」

「して、ほしい」

「俺もしたい」

今度こそキスが来ると思ったのに、彼はベッドの上に膝立ちになって紬実の脚を大きく開かせた。

「やっ……！　何、なんで……っ」

「いっぱい、感じてる紬実さん見せてよ」

「待って、待っ……、やだ、そこ、顔近づけないで……っ」

今まで、紬実にはつきあった男性が四人いた。

けれど、誰にもそんなところにキスさせたことはない。

体の経験もそれなりにある。結局、何もかもが「それなり」なのだ。

――ああ、そうか。

当たり前だが、恋人と抱き合っても「そこは嫌」「ヘンなところ舐《な》めないで」と拒絶をしてきたからこそ、ほんとうに好きかと問われることになった。

しかし、そのときはどうしても無理だった。

自分のすべてをさらけ出すことができず、相手の本気を受け止めることもできず、いつもの「それなり」な紬実にしかなれなかったのだと、今ならわかる。

――だったら、今は？　鬼島くんになら、さらけ出せるの？

ショーツを引き剥《は》がされ、蜜に濡《ぬ》れた部分を彼が指で押し広げている。

裸の胸越しに下腹部に目をやると、敦大がちろりと舌なめずりするのが見えた。

「鬼島くん……」

「うん？」

「そこ、に、キスされるの、初めてなの」

だから、優しくしてほしい。

そういうつもりで伝えたが、彼のひたいのツノがにょきりと長さを増す。

「な、なんでそこで興奮するのっ」

「するだろ、そんなの」

は、と短く敦大が息を吐《は》いた。

「やだ、興奮しないで……」

「かわいく言っても駄目。今のは、煽《あお》ったのそっちだから」

右手の親指で柔肉を広げ、ひく、ひくん、と震える蜜口を彼がじっと見つめる。

——恥ずかしいのに、嫌だって思ってるのに。

同時に、体が欲しているのだ。

彼にキスされて、舌で舐《ねぶ》られ、愛されたいと。

「……っ、もう我慢できない」

その声が聞こえるより早く、蜜口に何かが突き入れられた。

「ひっ……あ、あっ……！」

指ほど硬くなく、けれど弾力性があって小刻みに動くもの。それは、敦大の舌に違いない。

舌で蜜口を広げておいて、彼が強く吸い付く。

ぢゅるる、と蜜を吸われる音が聞こえて、紬実はビクビクとつま先を震わせた。

「あっ、あ、あっ、や、ぁ……ッ」

両脚がシーツの上で宙《ちゅう》を蹴《け》る。

深く舌を沈ませる敦大は、もう入り口を手で広げなくてもいいとばかりに、両手で胸の先を弄《いじ》りはじめた。

痛いくらいに感じる花芽を、唇が食《は》む。

「っあ、んぅ……っ、や、すごい、の……」

乳首を指腹で撚《よ》るようにあやされ、しとどに濡れた間《あわい》を唇と舌で愛される。

——こんなに感じるなんて、わたしの体、どうしちゃったの？

花芽をぴちゃぴちゃと舐めながら、敦大はツノの先を紬実の内腿にこすってくる。

「んんっ……！」

手を伸ばして、彼のツノに触れた。

「は……、紬実さん、どんどんあふれてくる」

舌の激しい動きに翻弄《ほんろう》されながら、紬実も指で敦大のツノを扱《しご》いた。

ひんやりしたツノが、指に愛撫されてさらに長く伸びるのを感じながら、甘い声で彼の名前を呼ぶ。

「鬼島く……っ、ん、ん、気持ちい、いいの、いい……っ」

「イキそう？」

「イッ……ちゃう、あ、あっ」

「イクとこ、見せて」

ひときわ強く、花芽をすすり上げられて。

「やァぁあっ、あ、んっ」

彼のツノをきゅうと指できつく締めつけ、紬実は白い喉を反らす。

シーツから背が浮き、全身がひどくしなった。

矢を射る直前の弓のように、キリキリと快楽が引き絞られる。

「イク、イッちゃう、あ、あっ、イクぅ……ッ」

蜜が飛沫《しぶき》をあげて、シーツに散った。

敦大が体を起こして、濡れた口元を手の甲で拭《ぬぐ》う。

「ねえ、ここにキスされるのが初めてってことは、舌でイカされるのも初めてなんだよね？」

雄《オス》の目をして問いかけてくる彼は、泣きたくなるほどに、美しかった。

「もっと舐めて、何度でもイカせてあげたいけど」

「う……そ、んなの、ムリ……」

「また今度のお楽しみにしよっか。俺も、そろそろやばい」

――え？　待って、いや、何、どういうこと？

達した直後で意識が朦朧《もうろう》としていた紬実だが、敦大がファスナーを下ろすのを見て息を呑《の》んだ。

前に見たときより、明らかに大きくなっている。

少なくとも、紬実の知る男性器というものは限界が決まっていた。

——鬼だから？　これは鬼の特徴なの⁉

「……やばい」

「何？　何がやばいの？」

紬実からすればサイズが確実にアウトなのだが、敦大から見てもこれは危険な勃起具合ということなのか。

「紬実さんがツノを撫でるせいで、大きくなりすぎたんだよ。これじゃ、用意しておいたゴム、入らないんじゃないかな」

「……それは、やばすぎると思う」

少なくとも、避妊なしで行為に及ぶつもりはない。

そして、このサイズを受け入れられるとも思えない。

「一度抜くから、手伝ってくれる？」

童貞の発言とは思えないのだが、これが敦大の通常運転だ。

「手伝うって、何をすればいいの？」

「キス」

なるほど、と思った。

彼がしてくれたのと同じように、彼のものにキスしてほしいと——

「んぅ⁉」

だが、敦大は自身のものを握りしめ、紬実の唇をキスで塞《ふさ》いだ。

「ん、んっ……！」

——キスって、こっち？

それはそれでいいのだけれど、これで手伝いになるのだろうか。

数分と経たずに、彼の動きが速度を増して紬実の太腿に白濁《はくだく》が迸《ほとばし》った。

「は、やっと出た……」

果てた直後は、男女どちらであっても気《け》怠《だる》いものだと思うのだが、敦大はすぐに体を起こして手近に置いてあったタオルを取る。

「ごめんね、汚しちゃって」

「え、あ、ぜんぜん」

吐き出した精液で濡れた肌を、敦大が手早く拭ってくれた。

——こういうところ、ほんとうに優しいんだよ……ね……⁉

思考が疑問符で埋まっていく。

「え、なんで⁉」

「なんでって、何が？」

避妊具のパッケージを破る敦大に、紬実は言葉を失った。

——イッたのに、その大きさ……？

たしかに、初めてこの部屋に来た日にも見たものだ。

あのときも、かなり大きいとは思ったけれど。

そして、性的な興奮によって生えたツノは性的な満足によって収まるものと思っていたが、まだ生えたままだ。

かろうじて、先ほどよりもツノの長さが短くなっただろうか。

「今なら無理なく紬実さんの中に入るから、急がないとね」

「……っ、だって、今出した直後でしょ？」

「言わなかったっけ。鬼は当然、精力絶倫だよ」

「〜〜〜っっ、聞いてないっ！」

薄膜をまとった性器の根元を握り、敦大がのしかかってきた。

「だったら、今言ったからいいよね」

蜜口に、亀頭が埋まる。

体を押し広げられる感覚に、喉がヒュッと音を立てた。

「ね、いいよね、紬実さん？」

「待っ……、ぁ、あ、抜いても、ぜんぜん大きいってば……っ」

「抜かないよ？　挿《い》れるんだからね？」

「そうじゃな——あ、あっ……！」

久しぶりの行為だから、というよりも、敦大のサイズが規格外なのだ。

体が中心からメリメリと裂けてしまいそうな錯覚に陥《おちい》る。

——濡れてはいるけど、慣らしてない。そこに、そんな大きいの挿れたら……っ！

「ふ……っ、う、う……」

痛いわけではないのだが、呼吸がひどく苦しい。

「紬実さん？」

まだ半分ほどしか埋め込まれていないのに、紬実はベッドに磔《はりつけ》にされて動けなくなっていた。

彼の楔《くさび》は、太幹の途中を蜜口に締めつけられ、先端がビクビクと上下に震えている。

「つらい？」

「……っ、すこし……」

「ごめん。俺が性急だった。だけど——」

逆接の接続詞で、彼の言葉が途切れる。

だけど「我慢して」？

だけど「続きをさせて」？

「だけど、どうしてもあなたじゃなきゃ嫌なんだ」

想像よりも、ずっとせつない目をして、敦大が懇願に似た声で告げる。

「ん……、いいの、来て……」

なぜ自分なのか、なんて今問うても意味はない。

性欲に突き動かされる人間が口にする言葉は、ほとんど目先の快楽の言い訳だ。

——だけど、鬼島くんにとってわたしは「わたし」じゃなきゃ嫌だと思ってもらえる存在なんだ。

それが嬉《うれ》しい。

彼の素直な気持ちが、心に響く。

「中、狭くて熱い」

「……っ、うん……」

「紬実さん、もっと奥まで受け入れて」

ずぷ、ぬぷう、と彼のものが紬実の隘路を押し広げていく。

ただ奥へ突き入れるだけではなく、いつしか自然と敦大は腰を揺らし、短い往復を繰り返しながら深部へ先端を進めていた。

「ひっ……ぁ、ああ、そこ、もういちばん、奥……っ」

ひどく傘の張った亀頭が、斜めに最奥を押し上げる。

子宮口を先端で抉《えぐ》られる感覚に、紬実は呼吸ができず、はくはくと口を開閉した。

「ここ……?」

「ん、んっ……、そこ、もう……その先は、ムリ、だから……」

けれど、彼の雄槍はまだ根元まで埋まっていない。

つながる部分に手を伸ばし、あと数センチ、膣内に入れず残っている部分を指で確認する。

「は……、中、こんなに締めつけられると思わなかった」

「……卒業、だね」

「童貞をね。紬実さんからは卒業しないよ。そんなに簡単に手放してあげない」

覚悟して、と彼が唇を重ねてきた。

――ああ、そういうこともありえたんだ。童貞捨てて、わたしから卒業。考えてなかった。わたしが……鬼島くんに抱かれたいと思っていたから。

つながる下半身は動かさず、舌だけで相手の快感を探り合う。

違和感が、体の中で膨らんでいく。

「な、んか……」

――これ、大きくなってきてない？

そういえば、彼はさっき「今なら無理なく紬実さんの中に入るから、急がないとね」と言っていた。

つまり――

「中で、大きくなって、る……!?」

「入っちゃえば、どうにかなるかなと思って」

えげつないサイズとも、日の高いうちからの行為ともそぐわない、なんとも爽《さわ》やかな笑顔で敦大が認めた。

「キスだけじゃ足りない。もっと紬実さんを味わいたいよ」

「う、動くのは待って。まだ、ほかにもいろいろ……」

「ああ、そうだな。じゃあ、挿れたままで舐めようか」

――舐める？

ぞく、とうなじに予感が走る。

紬実の胸元に顔を寄せ、敦大が舌を躍らせた。

「え、あ、あっ……！」

くびり出されたように屹立する胸の先端を舐められると、彼を食いしめる部分がきゅうと締まる。

——いっそう、大きく感じて……

「っ、は……、舐めると中、すごい締まる」

「や、やだ、舐めないで」

「だったら動いていい？」

一瞬、真剣に悩む。

しかし悩んでいる間にも、彼の楔はビクンビクンと痙攣しながら強度を増していく。

硬さも太さもつよつよである。

——どこまで成長するのかわからないから、とりあえず早めにイッていただくのが吉？

「動いて、鬼島くん……」

小さな声で伝えたとたん、さらに一回り大きくなった。

——どうして？

「もう一回、言ってくれる？」

「え」

「聞こえなかった。もう一回。ね？」

絶対聞こえている顔なのだが。

「～～～っ、う、ごいて、お願い……！」

「ごちそうさま」

敦大は胸に吸い付き、そのまま腰を前後に揺らしはじめた。

――違う、そうじゃなくて！

「っ、あ、あっ、や、んっ……」

「すごい、中が吸い付いてくる。俺の、気に入ってくれた？」

「待っ……大きっ……ん、んっ……」

蜜口が限界まで広げられているのに、たっぷりと濡れているせいで動きはなめらかだ。

――こんなの、ムリ。奥、すごい当たって……

「俺も、無理かも」

「じゃあ、今日は……」

「もう我慢できないよ、紬実さん」

熱っぽい瞳でこちらを見つめ、彼が上半身を起こした。

ずぐ、と奥深くまで楔が突き立つ。

「～～～っっ、ひ、ああッ」

「さっきより、奥まで入るようになってきた」

膝立ちになった敦大は、動きの制限が減ったのか、思い切り腰を打ちつけてくる。

「ダメ……っ、壊れちゃう、こんな……」

「ちゃんと紬実さんが慣れるようにがんばるから」

「そうじゃなくてっ……」

――中、広がっちゃう。鬼島くんのサイズに慣らされるのは困る！

「気持ちいいよ、紬実さん。俺の初めて、もらってくれたね」

「う……、ちょっと、これ、ほんとに……」

「いっぱい、一緒に気持ちよくなって」

美しい笑みと、絶望の宣告。

彼の動きが加速して、紬実は必死にシーツを握りしめた。

ズチュズチュと激しく蜜を攪拌《かくはん》する動きに、早くも達してしまいそうになる。

「そんなに締めたら動けないよ」

「し、めてるんじゃ……あ、あっ……」

わざとしているのではない。

体が、快楽の果てに近づいているのだ。

「っっ、あ、もぉ、ダメ、イク、イッちゃう……！」

ぎゅう、と全身で敦大を引き絞る。

張り詰めた太幹に、蜜口が食い込むのではないかと思った。

「う……っ……」

締めつけに、彼もせつなげなうめきをもらす。

腰の奥から放射線状に快楽が全身へ広がっていく。

つま先を震わせ、紬実は浅い呼吸を繰り返した。

——これ、絶対おかしくなる。わたし、鬼島くんにおかしくされちゃう。

「鬼島くん、もう……」

「もういい？」

——え？

「よかった。どのくらい待っていいのかわからなかったんだ。紬実さん、もっと突いていいよね？」

「違……ッ、あ、ああ、あっ……！」

伸ばした右手が空中で何かをつかもうとして、そのままシーツの上に落ちてきた。

達したばかりの狭まったところを、ガンガンに抉られている。

「い、ああ、あっ、やだ、壊れ、ちゃう……っ」

「大事にするから大丈夫だよ。壊したりしない。俺の紬実さんだから」

「あ、あっ、やだ、んんっ……」

「嫌なの？　俺にされるの、嫌？」

「違う……、気持ちよくて、ヘンになる……っ」

「ヘンになってよ。ねえ、俺はもうとっくにあなたに夢中だってわかってる？」

——わたしだって、鬼島くんに夢中だよ。

彼が人間でも、そうでなくても、関係なかった。

ただ、鬼島敦大という存在だけが紬実を狂わせる。

甘く淫らな快楽の果てに、彼が何度も何度も追い立てて。

紬実は、敦大が達するよりも先に意識を失った。

だが。

「……っ、な、に……？」

「紬実さん、また意識失ってたよ」

「待って、もう、何回目？　んっ……、あ、ぁ、やだ、もぉ終わりにしてぇ……！」

意識を失ったのは、一度ではない。

何度も何度も繰り返される、甘い悪夢のような快楽の時間。

ツノを生やした美しい男は、さんざん紬実を抱きつぶした。

夜が来て、短い休息を貪《むさぼ》り、また体を重ねる。

――完全に、ケダモノですけど⁉

クリスマスイブがクリスマスに変わる、その時間。

ふたりはずっとベッドの上で過ごした。

・……┃……・……┃……・

——ウソでしょ。食事もしないで、シャワーも浴びないで、メイクも落とさないで寝てしまった！

二十八歳女子には、なかなか厳しい状況である。

それというのも、敦大が四回戦まで紬実を抱きつぶしたせいだ。

当人は、まだベッドで気持ちよさそうに眠っている。

顔がきれいなら、寝姿もきれい。

いびきなんて生まれてこの方かいたことがないのかもしれない。

「……この、絶倫男子め」

彼が着る予定だったのかもしれないが、ベッドのそばにはガウンがたたんである。

それを拝借して、紬実はベッドから起き上がった。

昨晩も見たチェコガラスのツリーは、今もライトアップされて美しい光を放っている。

「あれ？」

だが、昨晩と少し違う。何が違うのか。

気になって近づいてみると、ツリーの枝の先にキラキラと何かが下がっている。

よく見れば、どれもこれもアクセサリーだ。

——ピアス、こっちもピアス。それにネックレス、ブレスレット。それと……

指輪だ。

どれも見るからにアンティークの、紬実の好きそうなデザインばかりだった。

——前の彼女の置き忘れじゃない、よね。だって鬼島くん、彼女はいなかったって言っていたから。

もし、彼女がいなかったというのが嘘《うそ》だとしても、こんなにあからさまに元カノのアクセを飾っておく男ではない。

鬼島敦大がそんな迂闊《うかつ》な人物だったなら、もっと早くに鬼化する体質を周囲に知られていただろう。

――じゃあ、もしかしてわたしに？

かわいいツリーを前に、なんだかきゅんと胸が締めつけられる。

こんなに愛情のこもったクリスマスツリーは見たことがない。

「あ、そうだ。わたしもプレゼント持ってこなきゃ」

ガウンのまま、リビングへ向かう。

そして、とても今さらだがさすがにトイレに行きたいことを思い出した。

昨晩、ふらふらの状態で一度お手洗いを借りた記憶はあるけれど、夕方から朝まで十四時間ほどベッドルームで過ごしているのだ。

膀胱の機嫌を取っておかないと、あとで困るのは自分である。

お手洗いを借りたついでに、メイクを落とす。

リビングに置きっぱなしだったバッグからメイク道具を取り出して、手早くメイク下地とフェイスパウダーで顔色を整えた。

アラサーのメイクは、きれいに見せるためだけではない。

むしろ、顔色をよく見せるために必要だった。

――それにしても、メイクも崩れてぼろぼろなのに、よく朝まで抱きつづけたね、鬼島くん……

彼の性欲に感嘆しつつ、プレゼントを持ってベッドルームへ戻る。

枕元に置こうとすると、急に手首をつかまれた。

悲鳴をあげそうになるのを、かろうじてこらえる。

「き、鬼島くん、起きてたの？」

「……今、さっき。紬実さんがいないから、どこ行ったのかと……」

まだ眠そうな彼に、プレゼントを渡す。

「メリークリスマス、鬼島くん」

「これ……俺に？　ありがとう、紬実さん」

敦大は、パッと起き上がって紬実をプレゼントごと抱きしめた。

「俺、一生このマフラーする」

丁寧にラッピングをはがし、中身を見た敦大が早速首元にマフラーを巻いて見せる。

問題は、全裸にマフラーという倒錯的なファッションになっていることだが、当人はまったく気にしていないようだ。

「一生は無理でしょ。春になったらどうするの」

「毎冬、このマフラーを使うよ。だから、紬実さんもずっと俺のそばにいて？」

「……あんなに散財する人だと、ちょっと心配かも」

ちらりとガラスのツリーに目を向ける。

それで意味がわかったのか、彼は嬉しそうに目を輝かせた。

「気づいてくれた？」

ツリーにかかっているアクセサリーを見て、敦大が嬉しそうに立ち上がった。

「ちょ、待って、下着だけでもつけて！」

マフラーとボクサーパンツというのもなかなか危険な格好だが、全裸マフラーよりは少しマシかもしれない。

そう思っていたら、敦大は手早くルームウエアに着替えてもう一度マフラーを巻き直す。

——服を着るのはまだ想定内だけど、室内でマフラーは不要では？

彼が嬉しそうだからいいか、と思ったときに、手招きをされる。

ベッドに座り直した敦大に呼ばれて、彼の脚の間に座った。

背中に彼の体温を感じて、紬実はほっと息を吐く。

マフラーを喜んでくれる彼が、愛しいと思った。

「はい、じゃあ、ブレスレットから」

すい、と左腕をつかまれ、手首にブレスレットを着けられる。

次にネックレス、ピアスはホールに通すのが不安だから自分で着けた。

最後に待っていたのが、いちばんハードルの高い——ロザリオリングである。

「……ねえ、待って。これって、本物のアンティークだよね？」

しかも見るからに値が張る代物だ。

「ああ、大丈夫。このリングは、祖母からもらったものだから」

「ますますもらえないでしょ」

「もらってくれないと俺が困るよ」

――なぜ！

「いつか結婚する女性にあげるよう、祖母が遺してくれたんだ」

「だったら結婚する相手にあげなよ」

「プロポーズ予告だと思えばいいんじゃないの？」

「いや、落ち着いて、鬼島くん」

以前ならば、「結婚相手じゃないんで」と一蹴《いっしゅう》できた。

けれど、今の紬実は完全に敦大に心惹かれている。

――こんな局面で赤面したくない。

自分の意志に反して気持ちがもれてしまうのは、ひどく恥ずかしい。

背後から抱きしめてくる腕が、紬実を優しく包み込んだ。

「落ち着くのは紬実さんのほう。俺はずっと、あなたに贈るって決めてたんだ」

「ずっと……？」

「そう。ずっとだよ」

この関係は今月になってから始まった。

きっかけは、ただの偶然だったはずなのに。

――ずっと、って？　鬼島くんが、前からわたしを好きだったなんてことある？

心臓がばくばくいって、顔が上げられない。

今、顔を見られたらきっと気づかれてしまう。

「そ、そういえば前から思ってたんだけど、鬼島くんってもしかしてキジマホールディングスと何か関係がある？　この部屋も、普通の二十四歳の男の子が住めるお部屋じゃないよね？」

キジマホールディングスは、ふたりの働くアミジックビバレッジの親会社だ。

もともとは、明治初期にキジマビールを販売する会社として設立された。

その後、昭和に入ってから外資の金融機関と提携し、現在はホールディングス化され、飲料部門はアミジックビバレッジに任されている。

アミジックという聞き慣れない社名の由来はKijimaを逆から読んでAmijikだと、入社してから知った。

「会社でも、一応部長は知ってるけどね。高祖父が鬼島ビールの創立者なんだ。俺は会ったことがないよ」

「こう、そふ？」

「曽祖父の父親ってこと。明治初期にキジマビールを最初に販売した鬼島兵悟《ひょうご》の直系なんだ」

「……つまり、もしかして鬼島くんのお父さんって、キジマホールディングスの偉い人、だったりする？」

「今の社長だね」

――はい、御曹司！

ふう、と長い息を吐く。

「待って、ちょっと落ち着いて」

「落ち着くのはたぶん紬実さんのほうだよ」

「たぶんそう」

と言いつつ、紬実は外から見ればいつもどおり、表情に感情があまり表れない。

その実、内面は、

――弊社の！　御曹司が！　鬼で？　わたしの恋人ってこと⁉

パニックを起こしていた。

「……ムリ」

「何が？」

「御曹司とつきあうなんて、荷が重い！」

「鬼とつきあえるんだから、いけるでしょ」

「鬼は個性でいけるけど、御曹司の相手がわたしなんて周囲が許さないよ」

指輪をはずそうとすると、その手を彼がつかんだ。

「ありがとう、紬実さん」

敦大の声は、泣きそうになるほど優しい。

心の敏感なところを、そっと撫でるようなあたたかみのある声だった。

「なんでお礼を言われるのかわからないけど、指輪を返すね」

「俺のすべては紬実さんのものだよ。その指輪も――」

「寝言は夜にどうぞ」

「夜まで一緒にいてくれる覚悟は？」

「………」

ぎゅっと抱きしめられて、彼の吐息と鼓動を感じながら、紬実はこの現実を受け入れかねていた。


クリスマスを過ぎると、年末は一気に加速した。

例年どおりの仕事納めの夜、紬実は大学時代からの友人たちと忘年会に集まっていた。

今年はこたつ居酒屋を予約しようと、昨年の忘年会から決めていたのだ。

「うー、ぬくぬく……」

掘りごたつに四人で脚を突っ込んで、運ばれてきた泡に舌鼓《したつづみ》を打つ。

冬の寒い日に、暖かい部屋で飲む冷たいアルコールは最高だ。

忘年会ともなれば、なおさらおいしい。

「今年も生き延びたね」

「ほんと、無事生き延びれたことに乾杯」

「かんぱーい」

何度目の乾杯なのかわからぬまま、四人はグラスを持ち上げる。

――こたつで忘年会、いいなあ。今度、鬼島くんも誘って来てみようかな。

「はい、そこ！　彼氏のこと考えてる顔！」

「あっ、そうそう。紬実の彼氏の写真見たい」

急に言われて、写真なんて持っていないことを思い出した。

「あー、写真はない……」

「じゃあ、どんな人なのか教えて」

早生まれで二十八歳になっても、居酒屋に入るときに年齢確認をされる柚凪が小首を傾《かし》げる。

「元彼は忘年会前に別れて、ちょっとお葬式ムードになったよね」

今日も約束の時間ギリギリまで仕事に追われていた、看護師の光里が身を乗り出す。

「なんの仕事してる人なの？」

数年前までＩＴ企業でブラック労働をしていた乃々花は、最近サーバーの保守運用に転職した。

「あー、うん。まあ、普通の……会社の人だよ」

――ほんとうは、ぜんぜん普通じゃない。欲情するとひたいにツノが生えて、体力が無尽蔵で絶倫の鬼だけど。

考えてみれば、人に言えないことばかりだ。

だが、もとより紬実はベッドでの話を友人にするほうではない。

「相手、何歳なの？」

「二十四歳。会社の後輩で、かなりモテる……」

「年下！　いいなあ、若い男の子のにおい嗅《か》ぎたい」

「ヘンタイっぽいよ⁉」

「でも、社内恋愛って学生のころ憧れたよね」

「わかる」

「憧れてたけど、実際にはぜんぜん縁がない！」

「それもわかる……」

「えー、モテる後輩男子を拝みたいよぉ」

「紬実、会社でつきあってることって秘密にしてるの？」

「秘密というか、いちいち言うことでもないかなって」

「あー、それはそう。言うタイミングも難しいよね」

「同じ部署なの？」

「うん、まあ」

「なるほどねぇ」

紬実の年下彼氏を肴《さかな》に、話が進む。

アルコールが回ってくると、次第にいつもどおりそれぞれが職場の愚痴《ぐち》をこぼしはじめた。

二十八歳、新人でもないけれど中堅と呼ぶには頼りない年頃だ。

誰もが、似て非なる悩みを抱えて生きている。

「結局、終身雇用なんてクソよ！」

「有給消化したい～」

「わたし、そろそろマンション買おうかなって思ってる……」

盛り上がる中、忘年会も終わりに近づき、紬実のスマホにメッセージアプリの通知が来た。

『近くで食事してるから、帰り連絡して』

『一緒に帰ろう』

——近くで食事って、誰と？

敦大の自宅とは離れた場所だが、まさかわざわざ来ているのだろうか。

「紬実、どうしたの？　彼氏？」

「まさか、仕事の呼び出しなんじゃ……」

「や、彼氏のほう。近くにいるらしいんだけど」

「「見たい！」」

——ですよね……！

『友だちが会いたいらしいんだけど』

『嫌なら断っていいよ』

一応、予防線は張っておく。

年上彼女の友人に会うのは、わりとハードルが高いかもしれないからだ。

しかし敦大は即レスで、

『挨拶したい』

『紬実さんのお友だちに会いたい』

と返信してきた。

「挨拶したいみたいなんで、あんまり怯《おび》えさせないでね」

友人たちが、今日いちばんの笑顔を見せる。

そんなに他人の彼氏が見たいのか、と思わなくもないが、なんだかんだこの中で今、つきあっているのは紬実だけだ。

年下男子というのも好奇心を煽るのかもしれない。

——鬼島くんは怯えるタイプじゃない、か。

むしろ、全員を虜《とりこ》にする未来のほうが予想できてしまった。


「………本気?」

「うん……」

「このイケメンと、つきあってると?」

「……たぶん、うん」

店を出た四人は、冬の寒気に負けない爽やかイケメンの敦大を前に、魂を抜かれた状態になる。

いや、紬実は見慣れているはずなのだが、ちょうど街頭がスポットライトのように彼を照らすから、やけに美しさを倍増に感じた。

「初めまして。お友だち同士で集まっているところに、お邪魔してしまって申し訳ありません。紬実さんと同じ会社で働いています、鬼島です。忘年会のあとだと聞いたので、少しですがよろしければどうぞ」

――え？　何？　手土産？

たぶん、心の声は紬実も友人たちも同じだったのではないだろうか。

突然現れた年下男子が、さっと取り出したのは小さな紙袋に入ったフリーズドライのシジミの味噌汁だった。

「あっ、これ、味噌の朝のギフト品じゃない？」

味噌の朝とは、国内のインスタント味噌汁の代名詞にもなるほど有名な商品だ。

どこのスーパーでもコンビニでも扱っている庶民の味方だが、敦大が持ってきたのはギフト用のプレミアム商品である。

「偶然、いただきものがあったので。僕ひとりでは消費できず困っていたんです。よろしければもらってください」

「ありがとう」

「ありがとね、気が利く彼氏じゃん、紬実」

「え、あ、うん」

——これは、最初からわたしの友だちを確認する気で来たなあ。

予想どおり、友人たちは皆、敦大に好印象を持って帰っていった。

紬実としては、嬉しいような恥ずかしいような、なんともいえない気持ちである。

「じゃ、俺たちも帰ろっか」

「えっと、俺たちもって、わたしたち別の家に帰るんだよ？」

「部屋の前まで送るよ。明日から休みだしね」

「鬼島くんは、年末年始どうするの？」

「俺は一応、実家に顔出して、あとはのんびりかな。紬実さんは？」

尋ねてくる彼の襟元に、紬実がプレゼントしたマフラーが巻かれている。

——使ってくれてるんだ。

そういう紬実も、彼にもらった指輪を右手薬指につけてきていた。

「わたしは、鬼島くんと一緒にいたいな」

「っっ……、な、なんだよ、急に」

「えー、だって休みなのに会う約束もしてないから」

自分でも、少し酔っている自覚はあった。

でも、休みの間ずっと会えないかもしれないと思うと寂しい。

——素直になったら、一緒にいてくれるの？

じっと彼を見つめると、敦大が右手で顔を隠す。

「俺のほうが会いたいに決まってるでしょ」

「そうなの？」

「そうだよ。気づけ、酔っ払い」

手をつながれて、駅に向かって歩きはじめる。

冷たい風が頬を撫でても、寒さなんて感じない夜。

敦大はいつもより無口で、紬実はそんな彼を見つめていた。


「寄っていく？」

玄関前で、鍵を手にした紬実は彼を見ないで尋ねる。

もう少し、一緒にいたい。

明日は休みなのだから、このくらいのわがままは許してもらえないだろうか。

「酔ってる紬実さんかわいいから、今日は帰る」

彼がぽんと紬実の頭を撫でた。

「どうして？」

顔を上げると、敦大が困ったように微笑む。

「部屋に入れたら、我慢しないよ。朝まで俺に抱かれてくれるの？」

「…………」

——そんな訊《き》き方、ずるい。もっと曖昧《あいまい》にうまくごまかしてよ。イエスかノーかを、先に選ばせないで。

返答に詰まった紬実に、彼は膝を曲げて目線を合わせてくる。

「ねえ、俺ってわりといい彼氏じゃない？」

「う、うん」

言われなくてもわかっている。

いつだって紬実を大事にしてくれるのも、友人にも親切にしてくれるのも。

――だけど、鬼島くんがわたしをどういう気持ちで見ているのかはわからない。

「でも、紬実さんは気持ちを許してくれないね。抱かれてくれても、俺のものじゃない。大人って難しいな」

「鬼島くん、それは――」

紬実にしては、休みに会いたいというのは精いっぱいの表現だ。

愛情の、表現。

「紬実さんのいちばんになれたらいいのにね」

ふわりと抱きしめて、ひたいに軽くキスをされる。

彼は今、どんな顔をしているのだろう。

「ごめん、やっぱり帰るよ。おやすみ、紬実さん」

帰り際、右手を上げて寂しげに微笑んだ彼のことが妙に気がかりで、いつまでも心の中に敦大の顔が浮かぶ。

――わたし、鬼島くんのことが……

気づけば彼が鬼だからどう、なんてことは考えてもいない。

ただの恋愛だ。こんなのは、普通の恋愛だ。

――今までのわたしって、それなりに好きで、それなりに一緒にいて楽しい、くらいの恋愛しかしてこなかった。だから、相手を不安にさせた。

いつも「それなり」。

だが、敦大に対して抱く感情が同じかというと、何か違っている。

――不安にさせたくないな。なのに、いちばんになれたらいいなんて言わせてる。

考えるより早く、紬実はドアを開けた。

外に飛び出す。彼といたときは感じなかったのに、今はひどく空気が冷たい。

雪が降り出した夜の中を走って、エレベーターを待てずに階段を駆け下りた。

今、追いかけなくては。

彼に、あんな寂しそうな顔をさせたくない。

――だって、わたしは、鬼島くんのことを好きなんだ。

ふわふわと細かい雪が東京上空で舞っている。

クリスマスを過ぎて、仕事納めも忘年会も終えて、ただ彼のところに走っていきたい。

「鬼島くん！」

歩道まで出ると、敦大の背中に呼びかける。

「え、紬実さん、なんで？」

驚いたように彼が振り返った。

――ねえ、あなたが鬼でもいいの。好きって思うこの気持ちは、変わらないから。

息を切らして、彼の胸に飛び込む。

「どうしたの、紬実さん」

心配そうな声が頭上から降ってきた。

雪と同じくらい、やわらかに。

けれど、雪とは違うあたたかみのある声。

「……いちばんだよ」

ぎゅっと彼の胸にしがみついて、紬実は心を伝えようと言葉を選ぶ。

「二番も三番もいない。鬼島くんがいちばん大事な彼氏だよ」

「ありがとう。俺のいちばんも、紬実さんだって知ってた？」

その日、この冬最初の雪が降った。

もう「帰らないで」と言う必要もなく、ふたりは紬実の部屋へ戻る。

窓の外を雪が降りつづける間、ベッドの上で互いの体の温度を確かめ合った。

言葉は、いらなかった。

年末は、飛び去るように過ぎていった。

年始もまた同じだ。

広報部にいると、一般的な大型連休にはイベントの手伝いに出ることがある。

特にアミジックのような大手で働いている場合、人出の多い時期には人の集まる場所で新商品のイベントや、サンプルの無料配布、スポーツの試合にスポンサーとして参加しているため企画で関わることもあった。

つまり、年末年始は唯一無二のほんとうに休める大型連休と呼べる。

――でも、今回はいつもより充実していたから、時間が過ぎるのが早く感じたのかもしれない。

敦大のマンションの、それもバスルームで、紬実はひとり手足を伸ばした。

新年の仕事も始まって、二週目の金曜日。

やっとゆっくりふたりで会う時間が取れた。

互いの温度がしっくり来るまで抱き合った年末年始とは違い、今日はひどく性急に敦大が求めてきた。

――ほんの十日くらい、していなかっただけなのに。

一カ月前には童貞を名乗っていた彼が、すでに中堅程度の実力を発揮している。

最初こそ紬実のほうがアドバンテージを持っていたけれど、今では立場が完全に逆転したと言っても過言ではない。

肌についたキスマークを見て、頬を緩める。

——今日も、さんざんやってしまった……

いや、彼氏彼女でお泊まりすればやることやるのは当たり前なのだけど、考えてみたら告白すらしていないし、つきあってるのは鬼バレしたからという厄介な理由によるものだ。

それでも、ふたりでいるのが楽しい。

彼のことを彼氏だときちんと思えるようになってきた。

敦大も、ただ性的な興奮だけで一緒にいるようには見えない。

——鬼島くんがわたしを大事に思ってくれてるのは伝わってる。

不意に、バスルームのガラスドアをノックされた。

「はあい？」

「紬実さん、喉渇かない？　飲み物持ってきた」

「ありがとう」

気の利く恋人は、氷を入れたトニックウォーターのグラスを手渡してくる。

「んん……っ、おいしい！」

「よかった」

にっこりと微笑む彼は、先にお風呂を済ませたあとだ。

年末年始の間に、敦大は「初めて彼女とお風呂に入る」を強く要求した。

紬実もそのくらいなら、彼女として断るわけにはいかないと彼の願いを叶《かな》えた。

その結果、バスルームで欲情した敦大にさんざん抱かれて、紬実が湯あたりを起こしたため、彼は今のところ一緒に入浴するのを慎んでいる。

ツノが性的な興奮を視覚的に伝えてしまうというのは、こうしてそばにいると厄介な体質なのだと気づく。

一般的に男性のそうした興奮状態は、女性より顕著にわかりやすい。

だが、ある程度は隠そうと思えば隠せないこともない。多くの場合、人間は衣服を着用しているからだ。

しかし、ツノに関しては隠すのが困難である。

顔の目立つところに生えるのだから、そばにいれば彼が欲情しているのがすぐわかる。

そして、一度性的に昂ぶってしまえば、それを満たさないかぎりツノはもとに戻らないのだ。

先ほどまで、荒々しく伸びていた彼のツノを思い出し、紬実は敦大のひたいをじっと見つめる。

「……もう、ツノ引っ込んだね」

「何？　もう一度してほしいの？」

「そうじゃなくて。ほんとうに、満足すると引っ込むんだなって、なんか不思議っていうか」

「俺が鬼だって痛感した？」

「うーん、そういうことじゃないかな。満足してくれたのが嬉しいのかも」

「……俺も、紬実さんに満足してもらえると嬉しいよ」

先ほどと同じくにっこり笑っているのに、どこか違う。

満足の意味合いに異議を唱えたい。

「待って。満足って、もっと精神的な話だからね？」

「もちろん、肉体的にも精神的にも満足してもらいたい」

「鬼島くんって、わたしに甘すぎない？」

「そりゃそうでしょ。俺の初めての大事な彼女だよ」

もうひと口、トニックウォーターを飲む。

カラン、と氷がぶつかる音が響いた。

「初めてじゃなくても、きっと紬実さんのことはずっと大事だと思う」

「……そう、かな」

「そうだよ」

グラスを受け取って、彼がバスルームを出ていく。

——ずっと、って、いつまでがずっと？　鬼島くんは、わたし以外の恋人を知らない。

今は体の関係に耽溺《たんでき》しているかもしれないが、それがほんとうにずっと続くのか。

悲しいことに、そうではないケースを紬実はいくつも知っている。

だから、怖い。

この関係は、いつか終わってしまうのではないかと、懸念する。

——ほんとうに、ずっと一緒ならいいのにな。

・……｜……・……｜……・

年始の仕事が始まってから最初のお泊まりに、気持ちが盛り上がっているのは自分だけなのかもしれない。

敦大は、眠そうな彼女を見つめてそう思った。

紬実が、この部屋にパジャマを置くようになったのは正月明けに泊まりに来た日だと覚えている。

自分の部屋に、彼女の私物が増えていくのが嬉しかった。

やっと、紬実にとって自分が恋人になれたような気がしていた。

そもそも、始まりが強引だったのは自覚している。

彼女は面倒くさいことが嫌いだけど、実際は面倒見がいい。

――だから、俺のことを完全に拒絶できなかった。

それを知っていて、その上で恋人でいたいと願っているのは自分だ。

同じように気持ちを返してほしいと望むのは、わがままだろう。

「かわいい、紬実さん」

あくびを繰り返し、今にも眠りそうな彼女のひたいやまぶた、こめかみ、耳の横にキスを落とす。

湯上がりのすべらかな肌が愛しい。

「んー、もう眠いよ……」

「寝ていいよ。俺が紬実さんをかわいがってるだけだから」

「寝にくいってば」

「俺といると、寝にくい？」

「そうじゃなくて……鬼島くんは、体温高くて優しいから、安心しちゃうの。くっついてると眠くなる……」

——そんなかわいいこと言わないでよ。

「紬実さん」

「ん……」

「好きだよ」

「えっ⁉」

急に彼女が顔を上げる。

信じられない、という顔をしている紬実に、ちょっとムッとする気持ちもあった。

これだけ一緒にいて、ほんとうに、ほんとうのほんとうに気づいていなかったというのか。

——まあ、紬実さんならありうる。そういうところも好きだ。

「何、その顔。俺に好かれてるってわかってなかった？」

「いや、そうじゃなくて、言われると思ってなかった」

——ってことは、好かれてるのはわかってたんだ。

四歳の年の差は、この先も永遠に埋まることはない。

彼女は、自分よりも四年分、経験が多い。これも一生追い越せない。

——俺が紬実さんを好きなことは気づいていて、その上で俺が言わないだろうと思っていた？

その理由はわからないが、彼女がまだ自分に言ってくれていないことがあるのは敦大も気づいている。

ほんとうは、ずっと言いたかった。

けれど、理由がなければ紬実は自分といてくれないのでは、という気持ちもあった。

紬実は美人で、仕事ができて、大人で、あまり物事に熱くなるタイプに見えない。

だから、つきあってくれても彼女の気持ちはわからない。

——それとも、これも俺の経験不足なのか。

「ずるいな」

「何が？　いや、待って。目、冴えた」

「だったら、もう一度言うからちゃんと聞いて。俺は紬実さんが好きだよ」

「……うん」

「新人研修のときからいいなって思っていて、でも紬実さんは彼氏がいたから好きなんて言えなかった。別れたって知ったのも去年の十一月ごろ。別れて一年も経つなんて知らなかった。もっと早く知りたかった」

——それに、もっと違うかたちで告白だってしたかった。鬼だと知られてから、それを理由につきあうなんてやり方を望んだわけじゃない。

「そっか。そんな前から好きでいてくれたなんて知らなかった。ありがとね」

頭ぽんぽんされて、子ども扱いされているのが悔しくなる。

「ねえ、紬実さん。俺と本気でつきあって」

そう言うと、彼女の表情がこわばった。

――やっぱり、今までは本気じゃなかったってことか？

「本気って……」

紬実が言葉に詰まる。

「本気で、向き合いたい。俺は紬実さんが好きだよ。ずっとあなたのことが好きだった。だから――紬実さんが同じ気持ちじゃないなら、駄目なら、もうしない」

「………」

彼女の返事はない。ふたりの間に、沈黙がゆるりと流れていく。

好きだと伝えるのと同じくらいに、彼女に好きになってもらいたいと要求するのは不安だった。

――だけど、このままじゃ足りないんだ。あなたの心がほしい。

もし、紬実が「だったらこれで終わりにしましょう」と言ったら？

その不安がないとは言わない。

「でも、鬼島くんはその、わたしとしかできないんじゃないの？」

「どういう意味？」

「だから、鬼だってバレたら困るから。だから、わたしなんでしょう？」

――そんな理由で、紬実さんを抱いてると思ってたのか、この人は。

好きだと告げて、それを知っていたような顔をされて。

それでまだ、鬼であることを理由に彼女を選んでいると思われるだなんて、ふたりが向き合えていないことを如実に表しているようだ。

「わかってないんだね」

「え、待って、それはどういう……」

「俺が紬実さんを好きだから抱きたいってこと、紬実さんがわかっていないんだよ」

「ん、ちょっと、鬼島く……っ」

何か言いたげな唇を、甘いキスで塞ぐ。

ほんとうは、寝る前にこんなキスをするのは危険だと知っている。彼女が、ではない。自分が、危険なのだ。

「や……、ダメ、こんな、したら……」

「何？」

「……ツノ、が」

その答えを待って、敦大はさらにキスを深める。

さんざんキスして、紬実が潤《うる》んだ目をしたタイミングで「おやすみ」と部屋の照明を消した。

――あなたも、俺を想って欲求不満になればいいのに。

ひたいを見られないよう、彼女に背を向けて目を閉じた。

明朝、紬実が目覚める前にひとりで処理をすれば、ツノはきっとごまかせる。

無駄なプライドを守るために、大好きな子に背中を向けて眠るだなんてバカみたいだ。

だけど、恋をするのはバカになることだと、教えてくれたのも紬実だった。

——こんなバカな俺のことを、好きになってよ、紬実さん。


「西尾さん、先週頼んだ資料ってできてる？」

「あ、はい。できてます」

「じゃあ、クラウドに上げておいてもらっていいかな。まだないみたいだったから」

——しまった。

そういえば、手元では完成しているけれどアップロードしていなかった。

「すみません。すぐに」

「よろしく」

月曜日の紬実は、気持ちが散らばっている。

普段なら、こんな初歩的なミスはしない。忙しいときにはあるかもしれないけれど、と言い訳をひとつ置いて。

今日はずっと、彼の言っていた言葉を考えている。

——本気でつきあうって、何？　わたしは、本気じゃなかった？　少なくとも鬼島くんといて、ほんとうに好きだなって思ったのに。

　でも、それを言葉にして彼に言っていない。

　表面的に見れば敦大よりも、「ちゃんと」つきあっていたはずの元彼にすら、ほんとうに好きかどうかを疑われていた。

　——好きだと、言ってくれたのに。

　同じ気持ちを返すなら、あのときだった。

　けれど、自分では擦り傷にすらなっていないと思っていた過去の恋人たちの言葉が、胸にチクチクと刺さっていることに気づいたのだ。

　敦大に好きと言って、そのあとに「ほんとうに好き？」と尋ねられる日が来てしまうかもしれない。

　終わった恋そのものは、もう未練のひとつも残っていない。

　——でも、鬼島くんへの気持ちは終わってない。なのに元彼と同じことを言われたら、きっと……ため息は、冬空の雲よりも重い。

　自分にこんな臆病さがあったなんて、恋をするまで知らなかった。

　そして、彼が自分に言ってくれた「好き」を疑う気持ちはひとつもない。

　——わたしは、自分より鬼島くんのほうが信じられるってこと？　だとしたら、自分で自分を信じられないのに相手に信じてなんて、都合のいい話なのかな。

　同じ気持ちでないのなら、もうしない。

そう言った彼がどんな気持ちだったのか、考える。

したいから一緒にいるわけではなくて、紬実を好きでいてくれる。

——だけど、好きならしたいって思うものでしょう？　ああ、そんな思春期みたいなことを言ってもどうしようもない。好きじゃなくたって、欲望に負けることだって人間にはある。

ただ、そうじゃなかったと思いたいのだ。

彼を好きだから肌を合わせた。

彼もまた、そうであってほしいと思う気持ちが、彼の「好き」を疑わない理由だ。

——ちゃんと話したい。それで、考えたい。一緒に考えてほしい。


お昼休みから戻ってきた同僚たちの声に、昼食を忘れていたと気づく。

「鬼島くんって、ほんとうにランチのお店に詳しいよね」

「そんなことないですよ」

「今日のバーガーショップ、すっごくおいしかったです。フィッシュバーガーの専門店なんて、初めて知りました」

「あ、そうだ。今度、駅の向こう側に新しいカフェができるんだって」

「じゃあ、またみんなで行きましょう」

敦大がほかの女性社員たちと食事に行っていたらしいことが、会話から伝わってくる。

別に、彼が誰とランチに出かけようと自由だ。

紬実と敦大がつきあっていることを、誰も知らない。
それなのに嫉妬するほうが間違っている。
席を立つと、エレベーター前でスマホのメッセージアプリを立ち上げた。
『今日、部屋に行っていい？』
『いいけど、平日なのに珍しいね』
いつもと同じ、彼はすぐに返事をくれる。
『どうしても、会いたいから』
『わかった。待ってる』
昼休憩は、残り十二分。
急いでコンビニに行けば、ゼリー飲料くらい買えるはずだ。
気持ちばかりが逸《はや》る。
防寒着も持たずに外に出て、紬実は北風の冷たさに泣きたくなった。

・・・・・・|・・・・・・・・・・・・|・・・・・・

空気が澄んでいる。
今夜は星がきれいで、さっきから紬実は道すがら何度も空を見上げていた。
ただし、それは夜空に見とれているというよりも、敦大に会うのが不安なせいだ。

「はあ……」

ほんとうに好きかどうか。きちんと向き合う気があるのかどうか。

――あまり元彼の話をするのは好ましくないんだけど、そこから説明しないとどうにもならないんだろうな。

マンションが見えてきて、紬実はスマホを取り出した。

冷たい指先でメッセージアプリを起動し、もうすぐ着くことを連絡する。

寒さのせいだけではなく、ひどく指先が緊張していた。

――ツノを偶然見た相手が、わたしだった。それだけの始まりだと思っていたけど、鬼島くんはわたしのことを以前から好きでいてくれた。

物心ついたときから、紬実は熱しにくい性格だったと思う。

それはどこかで、自分に自信がなかったからだ。

こんなことをしたら、周囲にどう思われるだろう。

こんなことを言ったら、こんな服を着たら、こんな部に入ったら――

一事が万事、行動に自分で制限をかける。

誰かの目を気にしているうちに、気づけば自分のしたいことがあまりなくなってしまった。

恋愛も、いつだって受け身ばかりで。

告白されて、なんとなくつきあっては、うまくいかなくなって別れる。

最初は紬実を好きだと言ってくれた相手が、次第に自分への興味を失っていく姿を何度も見てきた。

——鬼島くんに、そうなってほしくないな。

もっと一緒にいたい。

彼のことを好きだと、ちゃんとわかっている。

——だけど、わかってるのはわたしだけなんだ。相手にわかってもらえなかったら、意味がない。

マンションのエントランス付近に、マフラーを巻いた敦大が立っている。

その姿を見て、紬実は早足になった。

まだ、自分がクリスマスにあげたマフラーをつけてくれている。それが嬉しくて。

同時に、逃げたい気持ちでいっぱいになった。

「紬実さん」

名前を呼ばれて、覚悟の決まらないまま曖昧に微笑んだ。

「遅くなってごめんね」

「遅くないよ。仕事終わって、すぐ来てくれたんでしょ」

「うん」

彼にうながされて、エントランスに足を踏み入れる。

——わたしは、鬼島くんのことが好きだよ。だけど、あなたはそれを信じてくれるの？

自分に自信がない。だから、相手が自分を信じてくれるか確信がない。

ああ、そうか、と紬実は思う。

――自信の問題じゃないんだ。わたしはただ、臆病なんだ。


エレベーターに乗って、彼の部屋のある階に向かう。

玄関まで着くと、敦大がドアを開けて「いらっしゃい」といつもと同じように告げた。

「……あの、鬼島くん」

「ん？」

――鬼島くんはわたしを好きだって言ってくれた。本気で向き合いたいって言ってくれた。それで、わたしが同じ気持ちじゃないなら、ダメならもうしないって……

だったら、したいと言えば伝わるのだろうか。

ふと、自分の伝えるべき言葉を見失ってしまった。

――好き？　したい？　好き？　わたしは……

臆病な紬実には、逃げるほうがずっと簡単だ。

大人のふりをして、わかったような顔をして、相手が何を言い出しても動じずに、そうなる可能性も見据えていた素振《そぶ》りで。

本心を、隠す。

ほんとうのことを口にすれば、拒絶されたときに傷つく。

けれど「それなり」のところまでしか開示せずにいれば、自分を守ることができてしまう。

ずるくて弱くてかっこわるいやり方だ。

だが、それが外から見たときには「それなり」に見えることも、紬実は知っている。
『紬実は何にも本気にならないよね』
『俺のこと、ほんとうに好き？』
『きみの気持ちがわからない』
いつか誰かに言われた言葉の数々が、ぐちゃぐちゃに混ざって脳内を駆け回る。
——鬼島くんは違う。違うって思いたい。なのに……
「紬実さん、部屋じゃなくここで話したい？」
玄関に立ったまま動かない紬実に、敦大が気遣いの言葉を選んでくれる。
落ち着いて、きちんとお互いの感情を話し合うべきなのに。
——わたしには、結局「それなり」がお似合いなのかな。
うつむいて、自嘲《じちょう》気味に唇を歪《ゆが》ませる。
視線の先には、敦大のスーツの袖口。
彼も帰宅してから、何もせずに紬実を待っていてくれたのだろうか。
何を話すことになるのか、神経を使っていたのかもしれない。
「………しよう？」
逃げを打った紬実の口から出たのは、陳腐《ちんぷ》な誘い文句だった。
結局、言えたのはそれだけ。
考えても考えても答えは出ない。

ただ素直に好きと言えばいいのに、それすらもできずに、彼を誘う。

「どうして？」

「え、どうしてって……」

とても穏やかな声で、敦大が尋ねてきた。

――好きだから。

言おうとしても、声にならない。

それどころか余計なことばかり、喉元までせり上がってくる。

わたしとしかできないんだよね、とか。

だってわたしたち、恋人なんでしょ、とか。

それは、彼と抱き合いたい理由になんてならない。

「俺は言ったよね。紬実さんが同じ気持ちになれないなら、もうしないって」

「だから、それは同じ気持ち、かどうかはわからないけど……」

ずっと好きだったと言ってくれた敦大の気持ちは嬉しい。

けれど、それに応えるだけの愛情を持っているか、どうやって判別すればいいのだろう。

困惑する紬実の手をぎゅっと握って、彼が声を振り絞る。

心を、振り絞るような声だった。

「ただ、したい？　セックスしたいだけ？」

黒い目が、じっとこちらを見つめている。

彼は紬実の中に、答えを探しているのだ。

したい理由、だけではない。

同じ気持ちでないのならしないと言った彼に対する、紬実の答えを欲している。

「それとも、そう言ったら俺が喜ぶとでも思った？」

――ああ、まただ。

痛みをこらえるような、苦しげな歪んだ笑み。

敦大にそんな顔をしてほしくないから考えていたのに、結局同じことの繰り返しに陥《おちい》っている。

「……わたしも、鬼島くんのこと……」

「うん」

彼の手に力がこもる。

ちゃんと教えて、と手のひらが言っていた。

ちゃんと伝えたい、と紬実の心も訴えていた。

――好きって言って、ほんとうにって聞き返されたら怖い。

「一緒にいたいと思ってる。それは、年末年始でもわかっていたでしょう？」

「そうだね。だけど、俺はちゃんと言葉がほしい。俺が紬実さんを好きなのと同じように、あなたが思ってくれているという確信がほしいよ」

彼が鬼でも人間でも構わない。

ただ、今、目の前にいる鬼島敦大という存在を好きなのだから。

伝えたくて、口を開く。

だが、声は出てこなかった。

「紬実さん？」

「……い、えない」

「どうして？　話そうと思って来てくれたんだろ？」

「それは……！　だから、しようって、言ったじゃない」

不自然な口調と不自然に途切れる声。

二十八歳なんて、ぜんぜん大人じゃないことを紬実は知っている。

小学生のころは、大人になると恋人ができるのは当たり前なのだと想像していた。

では、何歳になったら大人なのか。

――子どもから見れば、わたしはもう大人だ。あのころのわたしは、こんな情けない大人になるとは思わなかっただろうな。

「そうじゃない」

握った手を持ち上げ、敦大が紬実の指先に唇を押し当てる。

じわり、と優しい感触に胸がじんとせつなさに満たされた。

「そうじゃないんだ。俺はただ、紬実さんの気持ちがほしいだけなんだよ」

「わたしの、気持ち？」

玄関の鏡に映る自分は、ひどく怯えた目をしている。

彼に嫌われるのも蔑まれるのも怖かった。

同じくらい、彼にほんとうの気持ちを伝えるのも不安で仕方なくて。

「ごめん、もういい。帰る」

「待てよ」

踵《かかと》を返した紬実の肩を、彼が背後からつかんだ。

「いいって言ってるの。もういい。ごめんなさい」

「よくない。俺はぜんぜんよくないよ。俺は――紬実さんを好きなんだ」

　――わたしだって好きだよ。

「紬実さん、泣かないで」

「泣いてない」

「泣いてる」

　頬を涙が伝っていく。

「泣いてるよ、ほら」

涙にキスをして、彼は優しく紬実を抱きしめてくれる。

嗚咽《おえつ》をこらえ、自分がどうしてこんなに泣きたくなるのかすらわからずに、紬実はぎゅっと奥歯を噛《か》み締めた。

「……駄目だな、俺。紬実さんを泣かせたいわけじゃないんだ。笑ってほしかった。なのに、自分のわがままばかり押しつけてる」

「そんな、こと……」

「もっと年上だったら良かった。それとも、鬼じゃなかったらあなたを泣かせずに済んだのかな」

「違う、そういうことじゃないの」

「紬実さんは、優しいからね」

何も言わなくていいとばかりに、彼が包み込むような抱擁で紬実の言葉を覆《おお》い尽くす。

そばにいられるだけで、幸せだったはずなのに。

「部屋まで送るよ」

「ひとりで、帰れるから」

「駄目。俺の好きな人をひとりで帰せない」

――でも、このまま部屋に入れてはくれないんだね。

「迷惑かけたくないの」

「だったら、俺を好きになって」

「……好きって言ったら、信じてくれるの？」

顔を上げて、彼をじっと見つめる。

なんてずるい言い方だろう。これでは、まるで彼を試しているみたいだ。

「また今度にしよう。俺は、紬実さんに好きだと言わせたいわけじゃないからさ。好きになってほしいんだよ」

彼の言葉が胸にずしりと重くのしかかった。

言葉以外で、どうしたら彼のことを好きだと伝えられるのだろう。

「今日は送る」

「……うん、ありがとう。ごめんね」

「謝らないで。まるで、これで終わりみたいで嫌だな」

冗談めかして笑った敦大が、あまりに寂しそうで。

——ごめんね、鬼島くん。

空はとても澄んでいて、東京にしてはとても星がよく見える夜だった。

ふたりには、空を見上げる余裕がない。

帰り道が永遠に終わらなければいいのに、と紬実は思った。

第四章　あなたが好きで、止まれない

——ダメだ。わたし、ダメダメだ。

部屋でひとり、平日の夜なのにビールを飲み散らかす。

空き缶が床を転がり、それを横目にまたビールをひと口。

一瞬で、部屋なんて汚くなる。

出したものを片付けなければ、簡単に荒れ果ててしまうのは知っていた。

もともと、部屋の掃除なんて好きじゃない。

最初に敦大《あつひろ》が来る約束をしたときは、必死になって掃除をした。

カレーだって作った。手料理にカレーなんて、今にして思えばあまりに単純すぎただろう。

——鬼島《きじま》くんなら、もっと凝った料理を作れる女の子とつきあえる。おしゃれな部屋に住んで、表参道《おもてさんどう》あたりのカフェでお茶をして、美術館巡りと公園の散歩が好き、みたいなかわいい女の子が似合うのもわかってる。

想像した正しい敦大の彼女像は、紬実《つぐみ》と違って可憐でかわいらしい子だ。

優しい笑顔の敦大と並ぶと、まさに理想の彼氏彼女の出来上がり。

夏には海に出かけて海岸線をドライブし、冬にはクリスマスオーナメントを一緒に選びに行って帰りにイルミネーションを見て、春は手作りのお弁当でピクニック、秋は観劇や図書館デートもできる万能彼女。

少なくともそれは、紬実ではない。

——ひどい格好してる。絶対に、今だけは鬼島くんに会いたくないな。

カラになったビール缶を床に置いて、紬実はそのまま寝転がる。もちろん、ベッドにではない。冷たい床にうつぶせになった。

年下の、それもまだ二十四歳の男の子の部屋に押しかけて、セックスのお誘いをしてお断りされるだなんて、あまりに恥ずかしすぎる。

しかも、相手はきちんと恋愛しようと向き合ってくれているのに、なんかもうただヤりたいだけのアラサー女みたいになっている。つらすぎた。

——もし別れたら、洗脳みたいな教育プログラムを受けることになるって言ってた。だけど、わたしが教育されるのなんかどうでもいい。問題は、鬼島くんが会社を辞めるって言ってたことだ。

理想的な彼女になれたら、こんなことを考える必要はなかったのだろうか。

彼が仕事をがんばっていることくらい、紬実にだってわかる。

広報部の人間なら、誰だってわかっているだろう。

——部内に、もっとかわいくて優しい女の子なんていくらでもいる。ほんと、どうしてわたしだったんだろうね。鬼島くんの趣味が悪いせいだ。

責任転嫁したところで、自分がむなしくなるばかり。

せめて、好きだと伝えられたらよかった。

いくらなんでも「しよう」はなかった。

――鬼島くん、どう思った？

あのとき、彼はどんな顔をしていたか。思い出せない。

自分の気持ちでいっぱいいっぱいで、彼の気持ちを慮《おもんぱか》ることもできなかったのだ。

四歳も年上なのに、面倒な彼女ムーブをしてしまった。

明日も同じ職場で会う相手なのに。

「あー、ムリ。考えたくない」

今日は何もしないで寝よう。とりあえず歯みがきは忘れずに。

エアコンの真下、そよそよと後れ毛が温風にそよぐ。

「明日、会社爆発しないかなあ」

ベッドまでのほんのわずかな距離さえ、移動する気力がない。

「明日、かわいくて素直な女の子に生まれ変われないかな……」

叶《かな》わないのを知りながら、会社が爆発するよりも低い確率に、紬実は大きなため息をついた。

水曜日、紬実は朝から二日酔いに悩まされている。

昨晩はひとりで缶ビール六本を空けてしまった。二日酔いも当然だろう。

それでも仕事はしなくてはいけないし、ミスをしてもいけないし、なんなら新しい企画だって作らなければいけない。

せめて気合いだけは入れようと、お気に入りのグレーのロングカーデを着てきた。

昨年の冬に、独り身の寒さを払拭《ふっしょく》しようと買ったものだ。美しいラインのデザインだが、その分お値段はあまりかわいくない。

——そうだ。シジミのお味噌汁を飲んでくれればよかった。

忘年会のあと、敦大は紬実にも同じメーカーのインスタント味噌汁をくれた。

もったいなくて飲めずにいたけれど、今なら逆にそういう感情に蓋《ふた》をして、味噌汁はただの味噌汁のままで消費できたかもしれない。

さらには二日酔い予防までしてくれる。シジミの味噌汁はすごい。それをくれる敦大の気遣いも、いつだってすごいなと思っていた。

午前十時を過ぎても、その敦大は姿を見せない。

——どうしたんだろう。まさか、欠勤？　体調をくずしてたらどうしよう。

そこに、敦大と同じプロジェクトを任されている女性社員が通った。

「あ、穂村《ほむら》さん」

「はい、なんでしょう？」

「今日、鬼島くんを見ないけど休み？」

急に自分が敦大の動向を聞いたら、怪しまれるかもしれない。

なんなら彼に直接メッセージアプリで尋ねればいいのに、それもできずに同僚に確認する。

――鬼島くんを好きになって、わたしは自分の臆病さに気づいてしまった。

「鬼島さんなら、今日から二泊で札幌《さっぽろ》出張です」

「え、出張？」

「はい。西尾《にしお》さん、何か鬼島さんに頼んでたんですか？」

「あ、ううん。急ぎじゃないの。ちょっと確認したいことがあっただけ。戻ったら聞いてみる」

――出張なんて、聞いてなかった。

水曜から二泊だと、金曜に帰ってきて直帰だったら今週はもう会えない。

――もしかして、これって自然消滅に向かってる？

同僚とつきあうのは初めてだけれど、社内恋愛の難しさはよく耳にする。

それはつきあってる最中だけではなく、別れたあとが大変なのだとか。

中学や高校の彼氏彼女とは違う。

もっと深いところまで踏み込んでおいて、そのあとはまったく素知らぬふりをするなんて難しくて当然だ。

――でも、わたしたちがつきあってることなんて誰も知らない。

別れることになっても、きっと今のまま毎日は続いていく。

会社では、特に誰にも気づかれない。

ただお互いに気まずくなるだけの話だ。

——そんなの嫌だ。だけど……

一歩、踏み出さなければ遠くない未来にその日はやってきてしまうだろう。

不安だとか、臆病だからとか、言い訳を並べるよりするべきことはある。

年上のプライドなんて、ゴミ箱に捨ててしまえ。

——好きだと伝えるだけでいい。わかってる。わかってるの。

そのひと言が、紬実には自分でも信じられないほど重くて、声にならない。

あるいは、自分が気づいていなかっただけで、過去の恋愛の終わりに紬実は傷ついていたのだろうか。

いつだって「それなり」な自分を、ほんとうは悔しく思っていたのかもしれない。

——鬼島くんなら、きっと話を聞いてくれる。わたしの心の中の、どうしようもない部分にも理解を示してくれる。だけど、そうしてほしいわけじゃない。わたしは……

・・・・・・・・・・・・・・・・・

新千歳《しんちとせ》空港発、成田《なりた》行の飛行機に乗って、敦大はシートに体をあずける。

二泊の出張を終えて東京《とうきょう》へ帰るというのに、心が重いのには理由があった。

――くそ、どんな顔して会えばいいんだよ。

月曜の夜の紬実への対応を、敦大は今も後悔している。

ほんとうはあのとき、知らない顔で彼女を部屋に入れて抱いてしまえばよかったのかもしれない。

紬実が、仕事と違ってプライベートでは不器用な女性だということも気づいていたのだ。

一方的に愛情を押しつけて、彼女に同じ気持ちを返してほしいと告げた自分は傲慢《ごうまん》だった。

――体をつないだからって、心まで通じているわけじゃない。そのくらい、わかっていたのにな。

もっと時間をかけて、お互いのことを知っていく方法だってあった。

彼女がふたりの関係を今すぐに終えたいと思っていないのは、敦大にだってわかっていた。

いつも、自分ばかりが紬実を好きで。

自分ばかりが紬実を求めている。

ほんの少しでいいから、彼女の心を言葉にしてもらいたかったのだ。

けれど、それを求めるせいで紬実の気持ちを閉ざしてしまったとも思う。

――あの日、部屋に入れて抱いていたらなし崩し的に今夜も紬実さんに会えたのかもしれない。

だけど、俺がほしいのはそれだったのか？

本音を言うなら、いつだって、今だって、彼女をほしい気持ちを必死にこらえている。

そうしないと、鬼化してしまう。

彼女を抱いて初めて知ったのだが、性的な興奮にはただセックスしたいという欲望とは異なるものが含まれている。

紬実を抱きたい。それは、紬実を愛したいということにほかならない。

体だけではないのだ。

もっと深く、心で彼女を愛したい。

──俺がほしいのは紬実さんの気持ちだ。

体だけでは足りない。心ごと彼女がほしい。

焦《あせ》る自分が悪いのはわかっている。

紬実にとってはつきあうことだって、急な展開だったと思う。

それでもそばにいれば触れたくなる。

触れれば彼女を抱きたくなる。

抱いたら、心もほしくなる。

もし、彼女が「終わりにしたい」と言ったら？

──そのときには、担当の半田《はんだ》さんに連絡して、自分が倍の再教育を受けるから紬実さんのことは見逃してほしいと頼むしかない。

だけど、そんなに簡単に諦められるだろうか。

無理だと、心が即答する。

──諦めたくない。紬実さんと一緒にいて、鬼であることなんて考えなくていい時間を知った。

俺は、紬実さんといるときだけはただの鬼島敦大でいられた。

彼女を手放したくない気持ちと、彼女の気持ちを優先しなければいけないと思う気持ちが相反して存在する。

でも、結局どうしたって彼女を好きだ。

この先は、彼女がどうしたいかを決めるのを待つしかない。

これ以上追い詰めることはしたくない。彼女の決断を受け入れる。

――受け入れる……って、その前にあがくのはまだ許されるのか？

だとしたら、最後の最後まで悪あがきをしてでも、やはり彼女を手放したくない。

――俺は、わがままだな。紬実さんの気持ちより、自分の気持ちを押し通そうとしてる。

ただ彼女が好きだった。

二年前よりずっと好きで、この先もっと好きになって、彼女と一緒にいたいと思った。

飛行機が成田空港に着くまでの約一時間四十分。

近くて遠い国内線の距離は、手を伸ばせば触れられるのに心に届かない紬実との距離によく似ていた。

・・・・・｜・・・・・・・・・｜・・・・・

恋愛で頭がいっぱいに――いや、いっぱいにまではなっていなかったけれど、けっこうぐだぐだになっていた。

先週末は、敦大が出張から直帰だったため、会社で会うこともないまま土日に突入した。

メッセージアプリでやり取りはしていたものの、彼が望む答えをまだしっかり準備できていないため、紬実は会おうとは言えなかった。

会わないことで、彼のことを余計に考える。

感情に波があると、とたんに部屋は荒れ果てる。

今朝も、キッチンの手前で転んだ。足元に空き缶が転がっていたせいだ。そして、空き缶を放置したのは自分だから、誰に文句を言うこともできない。

どうしようもないな、と思う。

いい年をして、恋愛もまともにできない。

ひとつ躓《つまず》くとほかにも影響が出る。

しかし仕事はしなければ。

――そして、厄介な仕事相手の対応もしなきゃいけない……！

今日はこのあと、キジマホールディングス、つまり親会社の広報担当がやってきて、新商品のプレスリリース案の打ち合わせをすることになっている。

打ち合わせなんて言っているけれど、キジマの広報担当は以前から重箱の隅を爪楊枝《つまようじ》でつつくような指摘をする人物だ。

キジマホールディングス広報室室長の町岡《まちおか》には、紬実の先輩も後輩も、もちろん紬実自身も何度もへこまされている。

言葉を選ばずにいうと、相手はかなりのパワハラ野郎なのだ。

噂《うわさ》によれば、町岡は父親が大物で鳴り物入りでキジマ本社に入社した。

そして、誰も彼に注意ができないのをいいことに、キジマの広報室でもかなり煙《けむ》たがられているらしい。

——なんとか、顔の筋肉に耐えてもらわないと。

「ということで、今回のプレスリリースに関する説明は以上となります。何かありましたら、どうぞご指導ください」

紬実は、ミーティングブースで町岡に頭を下げた。

「そうですね。よくまとまっているように見えます。ただし——」

——はい、町岡劇場の始まり。

「会場が狭すぎます。キジマで会場の再設定をする方向で……」

「ＳＮＳ企画が弱すぎます。もっとハッシュタグキャンペーンを……」

「メディア側への通知が足りないです。今回であればＡ社とＢ社は両方、特集を組んでもらえるよう……」

親会社からのテコ入れだとわかっているから、反論なんて当然できない。

それが、キジマ側の総意なのか、町岡の個人的な見解なのかの判別すらできないのである。

——でもそれ、予算まで出してくれるわけじゃないんですよねー。

とも言えず、善処しますの繰り返しで、なんとかやり過ごす。

これが町岡への唯一の対処法だ。

あとは、不満を顔に出さないこと。そのための、表情筋である。

「西尾《にしお》さん、何年目？」

「はい、なんでしょう？」

突然、年数を尋ねられて、紬実は聞き返してしまった。

このご時世、勤務年数をいちいち口に出して確認し、それを理由に相手を責めるような仕事の仕方をする人はあまりいない。

ハラスメントは、被害者が不快に感じた時点でハラスメントたりうる。

男女の別を問わず、昨今は年齢を尋ねることがよろしくない。なんならセクハラ扱いだ。

――それが、キジマホールディングスの広報室室長ともあろう人がそんなことを尋ねるわけが……

「だから、広報何年目なの？　このくらいのこともわかってないようじゃ、新商品のプロモーションには力不足だよ」

「……六年目です」

たしか町岡は四十歳を過ぎたくらいだ。

働き盛りで、広報という外部とのパイプでもある彼が、ハラスメントの内情を理解していないことがおそろしいと素直に思った。

「六年目でそれ？　女の子はいいよね。いつまでも甘い考えで仕事していられてさ」

――今どき、誰もそんなこと言わないけど、キジマホールディングスってずいぶんダイバーシティが遅れてるんですね。

当然、そんなことは口に出さない。

顔にだって出さないのが、紬実の流儀だ。

「甘い考えで仕事をしているつもりはありませんが、至らないところが多く申し訳ありません」

「ほら、それ。謝るところは、徹底的に謝る。謝罪の前に言い訳つけると、謝ってる意味ないよ」

——町岡、滅べ。

「おっしゃるとおりです。申し訳ありませ——」

心の中で呪いの言葉を吐《は》きながら、紬実は深々と頭を下げた。

「それってパワハラじゃありませんか？」

そこに、町岡ではない男性の声が聞こえてきた。

顔を上げなくてもわかる。

——鬼島くん？　どうして？

ほかの広報部の同僚たちも皆、ブースでのやり取りは聞こえていておかしくない。

口出ししないだけの話なのだ。

「鬼島くん、こっちは大丈夫だから——」

先週から、ちょっと距離のあるふたりである。

今、彼にかばわれるのは気まずい。

——それに感情が昂《たか》ぶったら、ツノが生えちゃうでしょ？

彼の鬼化がバレていいことはひとつもないだろう。

できるなら、この場はあまりかかわらないでほしいところだが、すでに口出しをした敦大に対して、町岡がスルーできるとも思えなかった。

「鬼島って、ああ、きみが鬼島くん？　社長の前の奥さんの息子さんってきみか」

部内がざわ、と静かに驚愕する気配がした。

――事実だろうと、言わなくていいことがある。それすら、町岡さんはわからないの？

「大変だよね、前妻の子どもっていうのも。きみが子どものころにいろいろあって、お母さんは体調をくずしたんでしょう？　本社じゃちょっとした噂だったよ。そっか、もうこんなに大きくなったんだね。それで、今は広報で働いてるんだ？　社長のいるホールディングスじゃなく、ビバレッジね」

いちいち癇《かん》に障る言い回しをする男である。

前妻の子どもだと、何か仕事に影響するのだろうか。

そもそも、敦大のプライベートを暴《あば》き立てて、貶《おとし》めて、いったいなんの得があるというのだろう。

「僕のことは関係なく、西尾さんに対してずいぶん一方的な言い方だと感じました」

「だとしても、俺にそうやって言ってくる社長の息子ってけっこうなパワハラだよね。しかも、きみの場合はきみ自身がまったく偉くもなんともない、ただの御曹司ってだけでしょ」

――待って、こんなことでバラされていい話なの？

二度も敦大の父親を示唆しておきながら、町岡は自分のしていることに疑問すら抱いていないようだった。

「あの、町岡さん、今はわたしの仕事の件で」

割って入ろうとした紬実を、町岡が不愉快そうに睨《にら》みつける。

「黙っててくれないかなあ。俺さ、嫌いなんだよね。親の七光り？　しかも、父親からも見限られた病気の子なんでしょ。なのに——」

「僕の出自とは関係なく、あなたのしていることはパワハラに該当すると思いますが」

「へえ？　それでどうするの？　パパたちゅけて～って泣きつく？」

「そんなことはしません。人事労務担当部門に、今日の町岡さんの発言を報告します」

「やるならやってみれば？　俺、今までもこのやり方で問題起きてないから」

そう言いながらも、町岡は負け犬よろしく尻尾を巻いて去っていく。

いちいち、ドアを思い切り閉めるという鬱陶《うっとう》しい騒音を残して。

「鬼島く——」

「余計なことをしてすみません。ちょっと頭を冷やしてきます」

ごめんもありがとうも聞かずに、敦大がさっと顔を背けてその場から離れる。

——感情的ってほどじゃなかったかもしれないけど、それはあくまで表面上の話だ。あんなふうにわたしをかばって、鬼島くんは興奮状態になっていない？　怒りでツノが生えていない？

心配だった。すぐに彼のあとを追っていきたい。

だが、そんなことをしたらふたりの間に何かあると邪推されるかもしれない。

ミーティングスペースから動けない紬実の耳に、女性社員たちの話す声が聞こえてくる。

「あの人、政治家の息子ってほんとう？」

「だからって、関係なくない？　むしろ、鬼島くんがキジマの社長の息子って……」

――鬼島くん……っ！

彼は、社長の息子であろうとなかろうと、じゅうぶん仕事のできる人物だ。

理由があって伏せていたのなら、こんなふうに暴かれるべきではない。

いつだって、感情を平坦にして。

鬼であることがバレないように、人間社会で暮らしていた彼。

――わたしのことなんて、放っておいてくれればよかったのに。

タブレットを手に、紬実は椅子《いす》から立ち上がった。

もう、誰にどう思われても構わない。

――行かなきゃ。今、追いかけなきゃ。わたしは、鬼島くんの彼女で先輩なんだから。

行き先は、きっとあそこだ。

紬実が教えたのだから、間違うはずがない。

「あ、西尾さん、大丈夫でしたか？」

「うん。鬼島くんの様子見てくる」

紬実はフロアを出て、廊下をまっすぐに歩いていく。


「来ないでください」

予想どおり、給湯室に彼はいた。

「鬼島くん」

「俺の言ったこと、聞こえてましたか？　来ないでください。今、あなたに見られたくないんです」

濃紺のスーツの背中が、紬実を拒絶している。

「でも」

「感情のコントロールができない僕が悪いんです。だから――」

それは、誰のためだったのか。

紬実にだってわかっている。

彼は危険を押してまで、自分を守ろうとしてくれた。

「鬼島くんは悪くない！」

強引に前に回り込むと、敦大のひたいにはツノが生えかけていた。

「……俺、かっこわるいですね」

困ったように微笑む彼は、今まで見た中でいちばんかっこよかった。

――みんなの前で、バレたら大変なことになるって知ってたのに。

それでも紬実をかばおうとしてくれた、優しい人。

両手で、彼の手をぎゅっと握った。

抱きしめたら余計な興奮を与えるかもしれないし、言葉では伝えられない気持ちを伝えたかった。

だから、手を握るのだ。

「西尾さん？」

当惑した声に、勇気を振り絞る。

「違う。……紬実だよ。いつだって、そう呼んでくれたじゃない」

「仕事中なのに？」

「うん」

「会社なのに？」

「そう」

「――ねえ、それってもしかして、俺と本気で向き合ってくれるってことなの、紬実さん？」

きちんと問題を解決しなければ、これ以上前に進まないと決めている彼の誠実さが好きだ。

それに応えられなかった昨日までの自分は、蹴《け》り飛ばして十四階の窓から捨ててやる。

「先に言うね」

「うん」

「わたしは、わたしなりにちゃんと向き合いたいって思ってる。それが、鬼島くんの考えてる『ちゃんと』と同じかどうかはわからないんだけど」

小さく息を吸って、彼の目をまっすぐに見つめた。

「だけどね、わたし、あまり自分に自信がないの。鬼島くんが思うより、ずっと臆病で姑息《こそく》だと思う。その、以前にも『ほんとうに好きなのか』『何を考えているかわからない』って言われたことがあって、ちょっと人よりそのあたりの表現がぬるいかもしれないんだ」

元彼という言葉も使いたくない。

敦大なら、察してくれるだろうという甘えもあった。

彼は、黙って紬実の言葉を聞いていてくれている。

――最初から、こうして話していればよかった。わたしは、鬼島くんを疑う必要なんてなかったんだもの。好きな人を無条件で信じたい。信じられる自分でいたい。

心は、もう決まっている。

彼とずっと一緒にいたいのだから。

「だけど、わたしは鬼島くんと向き合いたいと思ってる。もし、鬼島くんから見てもわたしの気持ちがわかりにくかったら――」

「そんなこと言ったやつ、紬実さんの隣にいるのはふさわしくないよ」

紬実のひたいに、こつんと敦大のひたいが触れた。

手をつないで。

ひたいを突き合わせて。

今は、抱きしめるわけにはいかない。

「もしかしたら鬼島くんだって、いつか言うかもしれない。言わなくても思うかもしれない」

「俺は、紬実さんがいい。紬実さんじゃなきゃ、嫌なんだ」

「……わたしも、鬼島くんじゃなきゃ嫌なの。おそろいだね」

「そういうかわいいこと言うところも好きだよ。ああ、会社じゃなかったら今すぐキスしたいんだけど」

「鬼島くん、イエローカード」

「わかってる。でも、紬実さんが先にこの話を始めたんだからね？」

「それは……うーん、そう、かも……」

ふたりは手を握ったままで、笑い合う。

簡単なことだった。

いつだって、幸福は身近にあって気づけない。

抱きしめても、キスをしても、体をつないでも、人間は言葉で説明しなければわかり合えない部分だってある。

——鬼島くんがわたしを信じてくれないなんて、そんなわけなかったんだ。

「最初は、ヘンに浮ついてないところがいいなと思った。そばにいて、もっと知りたいって思って、それから鬼だって知られて、強引につきあってもらうようになって……」

彼が困ったように微笑《ほほえ》む。

その優しくて、あたたかい笑顔が好きだ。

「だけど、鬼は個性でいけるけど、御曹司の相手なんて周囲が許さないって紬実さん、言ったんだ」

——そりゃ、御曹司の相手がわたしじゃ認められないだろうし。

「鬼は個性だと言ってくれた。俺を普通の人間として扱ってくれているんだって思えて、嬉《うれ》しかった」

「？　だって、鬼島くんは鬼島くんでしょ」

「そういうところが好きだよ、紬実さん」

　抱きしめようとしてきた彼を、両手で押し留める。

「はい、ストップ。ここ会社だから」

「さっきは、会社だけど名前で呼んでいいって言ったくせに」

「抱きつくのはダメ。それから、鬼島くんが親会社の社長の息子って話、広報に戻ってある程度説明したほうがいいんじゃない？　勝手にいろいろ言われるのも嫌でしょ」

「別に。言いたい人は言えばいい。それに、町岡さんの言っていたことってわりと真実だからね」

「え……？」

「俺の母親は、俺が鬼だってことにショックを受けて心を病《や》んだ。まあ、それも仕方ないよね。生まれてすぐに、家族全員が鬼育成のための街に移住することになったんだから。母親は、自分のせいだと思い込んで、俺が九歳になって社会に戻れるようになったあと、父と離婚した」

「そう、だったんだ」

「だけど、今は元気にやってるよ。父親が再婚したのも事実。ただ、別に両親どちらも俺を捨てたわけじゃないかな。今のマンションも、大学入学したときに父が買ってくれたんだ。再婚相手との間に生まれた弟が、まだ七歳だからさ。あまり小さい子に、俺が鬼だって知られるの困るでしょ」

　その言葉を聞いて、初めて彼の心に触れた気がした。

――鬼島くんは、ひとりだったんだ。

小さい弟が理解できないから、という理由はわかる。

だが、だからといって十八歳だった敦大がひとりで放り出される理由もない。

「……今日の夜、会える？」

「会えるよ。紬実さんが望んでくれるなら、いつだって会える」

「じゃあ、うちに来て。一緒にごはん食べよう」

「なんで突然ごはん？」

「そういう気分だから」

「……紬実さんって、たまに気分屋だよね。でも、嬉しいよ。ありがとう」

・……―……・……―……・

気分屋と言われた紬実だが、特にそれを否定することもない。

実際、とても気分に左右される部分はある。

――今、それで苦労してるから！

昨晩まで部屋を荒らしまくっていたのに、なぜ彼を部屋に呼んだのか。

それは、そういう気分だったからとしか説明できないだろう。

紬実は急いで帰宅すると、必死に部屋の掃除に励んでいた。

フローリングワイパーを駆使し、床に転がった空き缶を洗ってつぶしてビニール袋に詰める。

同時に夕飯の支度もするのだから、いっそ昼間よりも真面目に働いている気分だ。

『そろそろ着くけど、何かほしいものある？』

『コンビニ寄るよ』

敦大からのメッセージに気づいて、急ぎ返信する。

『特に何もいらないよ』

『気をつけて来てね』

炊飯が終わったのを知らせる電子音が鳴って、かろうじて整えた室内を見回した。

——よし、大丈夫。クローゼットを開けられたらアウトだけど、鬼島くんはそんなことしない！

サラダをガラスのボウルに盛り付ける。

今日はマカロニとツナのサラダだ。最後に乾燥パセリを振って色味を整えた。

サラダのほかに、味噌汁と豚の生姜焼き、だし巻きたまご、麻婆《マーボー》春雨《はるさめ》の準備ができている。

家にある材料で作ったにしては、それなりに夕飯らしいメニューになったのではないだろうか。

ピンポーン。

「はーい」

玄関を開けると、ツートンカラーの青いマフラーをした敦大が立っていた。

「ごちそうさま。おいしかった」

きれいな食べ方で、炊飯器のごはんも全部ぺろりとたいらげた敦大が箸を置いて頭を下げる。

「どういたしまして。お腹いっぱいになった？」

「うん。洗い物するよ」

「えっ、いいよ、座ってて」

「作ってもらったんだから、片付けぐらいはさせてよ」

　食器を持って、彼がキッチンへ歩いていく。

「じゃあ、一緒に洗う？」

「一緒にって、どうやって洗うつもり？」

「んー、鬼島くんが洗って、わたしが拭《ふ》いて収納するの」

　ひとり暮らしの賃貸マンションに、食洗機なんてない。

　——鬼島くんの部屋にはありそうだったなあ。

「なんだ、そっちか」

「え、そっちって？　何を期待してたの？」

「たとえば、こうやってさ」

　シンクの前に紬実を立たせ、敦大が背後から二人羽織よろしく覆《おお》いかぶさってきた。

「ちょっと、重いよ」

「愛が？」

「もっと物理的な話！」

「物理的な愛も重いほうだけど」

――何を言っているかわからない。

文句を言ったり冗談を言ったり、笑い合ったりしながら、ふたりは食器の後片付けをする。

敦大は、御曹司ですごいマンションに住んでいるのに、食器を洗うこともできるのだ。

「鬼島くんはどこで家事を学んだの？　ひとり暮らししてから？」

「家事って、大げさだな。茶碗洗うのと洗濯と掃除くらいしかできないよ」

「じゅうぶんできてるよ」

むしろ、紬実のほうができないのではないだろうか。

忙しい時期は、仕事にかまけて外食とテイクアウトが増える。

洗い物なんてしたくない。

「紬実さんは？」

「何？」

「料理がじょうずなことはわかる。掃除が嫌いとか洗濯が嫌いとか」

「いや、一応できるけどこれはじょうずってレベルじゃないよ」

最低限、かろうじて、作れる。

「だったら俺が作る。納豆ごはんがデフォルトね」

「毎日？」

「毎日」

「仕方ない。作ってもらえるなら、納豆ごはんでもいっか」

「紬実さんは、そういうところ適当なんだよなあ」

「悪かったですね」

「悪くない。そういうところも好きだよ」

「っっ……」

今日こそ言おう。一緒にいたいと、ちゃんと言おう。

そう思っていたのに、先に好きだと言われてしまった。

「あのね、鬼島くん。わたし、考えたの」

「うん？」

キッチンで、彼と向き合って。

背の高い敦大を見上げた。

息を吸って、一秒止めて、ゆっくり口を開く。

伝えたい気持ちを、伝えたい人に。たったひとりにだけ、届けたい。

「今まで一緒にいて、鬼島くんの優しさがわかってきた。だから、この間も今日も、鬼島くんにばかりがんばらせてしまって後悔してる」

「好きだからがんばりたいんだよ。俺は、俺より紬実さんが大事なんだ」

「そんなの、わたしだって同じだよ」

彼の袖口を握って、前のめりになる。

今だ、と思った。

「え……？」

敦大が驚いたように目を瞠《みは》る。

「わたしも、鬼島くんが好き。なかなかちゃんと言えなくてごめんなさい」

指先が震えていた。

表情がこわばるのが、自分でもわかる。

けれど、目をそらさない。

敦大のほうが、ふと視線を下げた。

「……俺が、人間じゃなくても？」

つかんだ袖口がほどかれ、彼が紬実の手を握ってくる。

「鬼島くんは、人間だよ」

「そう言ってくれるのは嬉しい。だけど、やっぱり人間じゃない面もあるんだ。それでも、好きだと言ってくれる？」

「変わらない。好きって思ったのは、人間の鬼島くんでも人間じゃない鬼島くんでもないの。わたしは、今ここにいるあなたを好きになった」

手をつないだまま、敦大の胸にそっと寄り添う。

心臓が、ドクドクと大きな音を立てている。

——なんでもできる鬼島くんでも、鼓動が速くなる。そんなふうに、わたしを好きでいてくれるんだ。

「鬼島くんはちょっと特異体質で、ツノが生えることがあるだけだもの。わたしにとっては、ちゃんと人間だよ。でもね、もしいつか鬼島くんが人間じゃなくなったとしても、好きな気持ちは変わらないと思う。だから──」

紬実から、キスをする。

彼は驚いたように目を瞠ったままだった。

「本気で向き合うって、うまくできるかわからない。だけど、鬼島くんとそうなりたい」

「紬実さん……っ」

ぎゅっと抱きしめられて、シンクに腰が押しつけられる。

このまま、キッチンで何かが始まってしまう予感に、紬実はキスしながら彼を部屋へ連れていく。

愛情の確認は、できるならリラックスした場所のほうがいい。

ベッドの上にふたりでなだれ込むと、もう一度目を見合わせてキスをした。

しっとりと重なるふたつの唇が、同じ気持ちでお互いを求め合っている。

──鬼島くんが求めていたのは、こういうことだったんだ。同じ気持ちじゃないなら、もうしなくていいって……

「鬼島くん」

「どうかした?」

体の奥から、甘い欲求が立ち上ってくる。

同じ気持ちでないのなら、しなくていい。

だったら、同じ気持ちならしたいと言ってもいいのだろうか。

彼のひたいに、先端を赤く尖《とが》らせたツノが生えていた。

それは、敦大が自分としたいと思ってくれているのを如実に伝えてくる。

——鬼って、とても純粋な愛情を伝える体質なのかもしれない。キスするだけで、鬼島くんがわたしを求めてくれているのがわかる。

「紬実さん？」

心配そうに覗《のぞ》き込んでくる彼に、紬実は——

「あの、あ、あ……敦大と……したい、の」

名前を呼ばれるのが嬉しい。

同じように、彼にもその気持ちを受け取ってもらいたくて、敦大と呼んでみる。

「……俺もしたいよ。紬実さんを抱きたい」

にょきり、と彼のツノが伸びる。

おそるおそる目線を下げれば、下半身も同じように昂《たか》ぶっているのが衣服の上からでもわかった。

——やっと、同じ気持ちになれたんだ。わたしも、敦大がほしい。

服を脱がされる間も、ずっとキスは止まらなかった。

彼に導かれて舌を出し、互いの舌を絡め合う。

生まれたままの姿で、ふたりは何度もキスをした。

「嬉しいな。紬実さんから誘ってもらえるなんて思ってもみなかった」

「ん、……っ、だって、それは……」

「もう乳首硬くなってるね。舐《な》めてあげる」

「や、ぁっ……」

右胸を口に含んで、敦大が舌で先端を舐《ねぶ》る。

ちろちろと舌が蠢《うごめ》き、紬実はせつなさに脚をばたつかせた。

すると、彼の手が左の乳首をきゅっとつまみ上げる。

「ひ、ぁ……ッ」

「舐められるのと、吸われるのは、どっちが好き？」

「わ、かんな……、あ、あ、鬼島くんに……敦大にされるの、どっちも好き……っ、ひゃぁッん！」

根元を歯で挟まれて、そのまま強く吸い上げられた。

——気持ちいい。気持ちよすぎて、息ができない……

ぢゅ、ぢゅうっと音を立てて吸われるほどに、体の奥から甘い蜜があふれてくる。

隘路をしっとりと濡《ぬ》らした蜜が、柔肉を濡らす。

「紬実さんの感じるところ、全部知りたい」

「全部……？」

「そう、全部だよ」

閉じていた膝を割られ、脚の間《あわい》があらわになった。

「ここは、俺しかキスしたことないんでしょ？」

「……っ、そう、あ、待って、まだシャワー浴びてな……っ、あ、あ！」

脚を閉じるよりも先に、彼が顔を挟み込んでくる。

そして、形良い唇が淫靡《いんび》な笑みを浮かべた。

「大丈夫、いっぱい濡れてるから舐め取ってあげる」

「っっ！　や、あ、あっ……！」

蜜口を赤い舌がくるりとなぞる。

柔肉を左右に指で開かれ、自分でもわかるほどに隘路がひくついていた。

それは、蜜口も同様だ。

——やだ、中まで見えちゃう。

「やめ、ぁ、ああっ、舐めるのダメ……っ」

「俺しか知らない紬実さんを、確かめさせて」

ちゅ、と彼が吸い付いてくる。

「〜〜〜っっ、ぁ、ああ！」

少し触れられただけで、体がすぐに果てへ到達した。

——ウソ、こんなにすぐ……？

達したことを知られたくなくて、紬実は手の甲を口に当てて顔を背ける。

「イッちゃったの、隠しても無駄だよ？」

「ち、違う、わたし……」

「ここ」

「ひ、あっ」

にちゅ、と彼が二本の指を隘路に突き立てた。

浅瀬を指腹でなぞると、ピースをする素振りで指を左右に開く。

「や、め……、中、広げるの、や……」

「俺のに馴染《なじ》んでくれるの待ってるんだけど、相変わらず狭いね。でも、ほら、広げるとヒクヒクしてるのがいっそうわかる」

彼の指を咥《くわ》えて、蜜口がせつなげに収斂《しゅうれん》していた。

ひくん、ひくん、と震える。敦大の目の前で、奥から蜜があふれてきた。

「紬実さん、イッたよね？」

「う……」

「素直になってくれたら、もっとかわいがってあげるよ」

すぼめた口から、ふう、と細く息が吐《は》き出される。

「い、あっ、ああ」

花芽に照準を合わせた吐息は、彼の狙いどおり紬実の快感を引き出した。

「やだ、そこ、息……ッ」

「じゃあ、俺にイカされたって認める？」

「認める、から、あ、あっ、や……」

「ちゃんと言って」

「あつ、ひろにイカされたの。すぐ、イッちゃうの。気持ちよくて、おかしくなる……っ」

「おかしくなっていいよ」

ぬぷう、と体の内側から奇妙な感覚が湧き上がった。

――指が、中に……

二本の指を根元まで差し込まれ、隘路がきゅうっと引き絞られる。

「ああ、ここも勃《た》ってるね。皮が邪魔だな。剥《む》き出しにして、たっぷり舐めてあげる」

「！　や、待って、ほんとに……あ、ああっ、やだ、やだぁ……ッ」

ぬめる舌先が、器用に包皮をめくり上げた。

あらわになった無防備な花芽を、敦大が嬉しそうに見つめている。

――見ないで、そんなところ。

「う、うっ、やだ、ほんとにダメ、お願い……」

「指、締めつけてくる」

埋め込んだ指をぐり、と動かして、彼は花芽を舌で弾《はじ》いた。

「っっ……ぁ、あッ」

果てたばかりの隘路を指で刺激され、感じやすい部分に吸い付かれる。

やわらかな唇に食《は》まれたまま、舌で絶え間なくなで上げられる感覚に、腰が浮きそうになった。

「っあ、いや、やぁ……っ」

クッションをいくつも重ねた枕に、紬実の髪が波を打つ。

——鬼島くんしか、敦大しか、キスしたことない場所。だけど、お願い、そんなにされたらまたイキそうになるの。

彼の舌が根元から花芽を押し上げてきた。

「ひぅ……う、っ、や、ああ」

二度三度と舌で追い立てたあと、今度は先端をちろちろ舐めてくる。

「んんっ……」

あまりの快感に、腰が揺れるのを止められない。

敦大の舌の動きに合わせて、自分から腰を振っている。

——恥ずかしい。こんなふうになっちゃうなんて。

「やめ……ぁ、ああっ」

隘路を埋める指と、花芽を甘く愛撫《あいぶ》する舌。

紬実は狂おしい快楽の中、必死に体をよじる。

「逃げようとする紬実さんもかわいいけどね。はい、こっち」

指が抜き取られる。同時に、敦大が両手で紬実の腿裏に手をかけた。

「っっ……!?」

彼が太腿を持ち上げると、腰も背中もベッドから浮いてしまう。

「や、ウソ、恥ずかし……っ」

「大丈夫、俺しか見てない」

つま先をばたつかせる紬実にびくともせず、敦大が尖《とが》らせた舌を蜜口に差し込んだ。

「ぇ、あ、ああ、あっ」

にちゅり、と体の内側から音がする。

「舌、中に……、やあ、あ、あっ、お願い、や、ダメぇ……！」

蜜でたっぷり濡れているのに、彼の舌の感触が伝わってくる。

やわらかな粘膜同士がこすれて、腰が融けてしまいそうだった。

「あぁ、ぁ……っ、きもち、ぃ……、ん、んっ」

下半身を持ち上げられているせいで、乳房がはしたなく揺れる。

先端は彼の唾液に濡れ、夜の中で淫《みだ》らに突き出ていた。

「も、やぁっ……、ぁ、イク、イッちゃう、や、あ、やめ、ん、ぅ……ッ」

ぎゅう、と蜜口が引き絞られると、そのまま体の内側が奥へ向かって蠕動《ぜんどう》する。

――また、イッてる。まだ挿《い》れられてもないのに、愛撫だけで。

顔を上げた敦大の生え際から、立派なツノが二本突き立っていた。

これ以上ないほどそびえ立つそれが、彼の欲情を表している。

「紬実さんに、イキ癖《ぐせ》つけたやつがいるんだね。かわいいけど、悔しいな」

「そ……っんなの、敦大しかいない……ッ」

「俺？」

信じられない、という顔をする年下の恋人を、紬実は涙目で睨《にら》みつけた。

「敦大のせいで、こんなに感じやすくなっちゃったのに、どうしてくれるのよ」

「……責任取って、愛する。俺のせいで感じやすくなったなんて、そんな嬉しいこと言ってくれると思わなかった」

腰がベッドに下ろされ、紬実は何も言えなくなる。

彼がほしい。けれど、挿れられたらきっとすぐに達してしまう。

「ねえ、好きだよ、紬実さん」

「……わたし、も」

「ほんとうは、このままあなたを抱きたい」

右手で剛直の根元を握る敦大に、ごくりと息を呑《の》む。

そこには、先端から透明な先走りをしたたらせる雄槍の姿があった。

——このまま、って……？

太く傘を開いた亀頭の下は高い段差ができている。

根元を握っているせいで、太幹には強く血管が浮き出ていた。

雁首《かりくび》から太く張り詰めたものを、敦大はそのまま紬実の中に挿れたいと言っているのだ。

「っ、そんなの、ダメだよ。わたしたち……」

「わかってる。だから今はちゃんと着けるよ。だけど、いつか——」

彼が、自ら雄槍を扱《しご》く。

ぎゅうう、と先端にかけて指が刀身を絞ると、縦の小さな切れ目から透明な液体がこぼれる。

「は……っ、つながりたいのに、一度抜かないときついかな」

敦大はいつも、昂《たかぶ》りすぎた状態で突き入れたりはしなかった。

今だって、自分で扱いているのはそういうこと。

――我慢、しないでほしい。

「紬実さん？」

何も言わず、紬実は彼の手首をつかむ。

「……そのまま、はダメだけど……」

反り返る先端は、臍につくほど熱《いき》り立っているのだ。

びく、びくん、と亀頭が武者震いのように震えている。

「ゴム着けてくれるなら、大きいままでも、いいの」

「本気？」

「……っ、本気、だよ」

つかんだ手首を引っ張ると、敦大は紬実の導くままベッドに仰向けになった。

「わたしが着けてもいい？」

「うん、着けて」

避妊具を取り出し、パッケージを丁寧に開封する。

鋭角に猛《たけ》る敦大の劣情に、紬実はふたりを遮《さえぎ》る膜をゆっくりとかぶせていった。

「紬実さん、上に乗って挿れてくれる？」

「え……、上に、わたしが？」

「そのほうが、つらくないんじゃないかなと思うんだけど」

たしかに、フルサイズの彼を強引にねじ込まれるのは不安もある。

いつもは八割くらいの勃起状態で挿入するのが暗黙の了解だった。

中で彼が大きくなるのを、何度も感じてきたけれど――

「……わかった。動かないでね」

しなやかな筋肉に覆われた彼の腰を跨《また》ぎ、紬実は右手で劣情の根元を握る。

亀頭と蜜口の角度を合わせようとするけれど、なかなかうまくいかない。

数回試して、やっと先端が紬実の浅瀬に埋め込まれる。

「ん……っ、入った……」

「まだ、先っぽだけだよ。焦《じ》らしじょうずだね」

「そういうつもりじゃ……、ぁ、あっ」

ぎゅ、と隘路が狭まると、彼のものを体の奥へと呑み込んでしまう。

――こんなに大きいの？　でも、いつも受け入れているんだから、がんばれば……

「ぁあ、あ、やっ……、おっきぃ、敦大の、すごいの……」

「もっと奥までいきたい。紬実さん、苦しい？」

髪を揺らして、首を横に振る。

痛みはない。ただ、蜜口をギチギチに押し広げられて、子宮口が疼《うず》いている。

「敦大……の、ビクビクしてる……」

「そりゃ、こんな先っぽだけ締めつけられたらね」

「奥、まで来て……？」

「いいの？」

「もっと、奥、全部ちょうだい……」

彼が両手で紬実の腰をつかむ。

そして、ぐっと腰を突き上げた。

「ひぅ……ッ！」

ずぐ、ずぶり、と粘膜を押し広げて彼が埋め込まれる。

「っっ……ぁ、ああ、あ！」

紬実は腰を揺らして天井を仰いだ。

挿入されただけで、イッてしまった。

「またひとりでイッたね。紬実さん、俺の咥《くわ》えるだけでイッちゃうなんて、やらしくてかわいい」

「だって、敦大の、が……」

「うん、俺のが大きいせいだよ。紬実さんは何も悪くないからね？」

「うう……」

彼がベッドの上で腰を引くと、ぬぶっと雄槍が押し戻されていく。

「イッたばかりのきついとこ、いっぱい突いていい？」

「ま、だ……」

「いいよね。だって紬実さん、俺のこと好きなんだよね」

——好きだけど、今は……！

「ひ、ぐっ……」

ずぱん、と彼のものが奥深く突き刺さる。

「やぁ……っ、待って、まだ、ムリっ……」

「ちゃんと全部入ったよ。ほら、奥に当たってる」

腰を回して、敦大がぐりぐりと子宮口を抉《えぐ》った。

——そこ、ダメ……！　おかしくなっちゃうのに。

「紬実さんのが、俺のをきゅうきゅう締めつけてる。中、吸い付いてくるみたいだね」

「し、らな……ぁ、ああ、や、んっ……」

「抜こうとすると、行かないでってすがりついてくるの、わかる？」

奥深く埋め込んだものを彼が引き抜くと、たしかに内部で、にゅぽんっと吸盤が剥がれるような感触があった。

「や、やだ、やだぁ……っ」

「抜いちゃ嫌なの？　だったら、もっとくっつこう。ね、俺に抱きついて」

脳まで侵す快楽に、紬実は彼の言うがまま上半身を密着させた。

やわらかな髪が、彼の頬にこぼれる。

「胸、当たってるね」

「だって、敦大が……」

「うん、俺がくっついてって言った。このまま突き上げたら、紬実さんどうなっちゃうのかな」

「！　待って、あの、イッたばかりだから」

「またイッちゃうかもしれないね？」

確信を秘めた笑みで、彼が紬実を見上げた。

ぞくり、と腰から脳天まで甘い電流が流れる。

それは佚楽《いつらく》の予感だ。

ダメ、いや、と言いながら、紬実の体は彼を求めていた。

激しく突き上げられることを想像するだけで、蜜口がきゅうと彼の根元を引き絞る。

「あ、また締まった。紬実さん、俺に無理やり突き上げられたいんだ？」

「違う……っ」

「駄目だよ。どんなに否定しても、体は早く早くっておねだりしてるの、バレてるからね」

ずちゅっ、どちゅっ、と最奥を打ちつけられる。

「んぁあッ、あ、ぅ……ッ」

「ああ、かわいいよ、紬実さん。俺に突き上げられると、そんなかわいい顔になっちゃうんだ」

「ひ、ぁあんっ、やめ……っ、あ、あああッ」

「気持ちいい？　自分から腰振ってるね」

打ちつけられるだけではない。

彼の言うとおり、紬実は敦大の動きに合わせて腰を揺らしていた。

より強く彼を感じたくて。

彼に、感じてほしくて。

打擲《ちょうちゃく》音が、ベッドの上に響く。

「あ、あ、んくっ……」

──気持ちよすぎて、お腹の中がせつない……っ！

反り返る亀頭が、子宮口を斜めに押し上げてくる。

最奥をゴリッと抉られ、腰が浮く。

自分の体重で下に戻ってきたタイミングで、敦大が見定めたように雄槍を突き上げてきた。

「ひぁあッ、あ、あっ、奥、ぐりぐりしないでぇ……」

「ここ？」

「うう、う、そこ、や、ぁ」

「うんうん、いっぱいぐりぐりしてあげるね」

「違う、あ、あっ、あああ」

グポグポと蜜音が淫らなリズムで刻まれる。

快感に腰を揺らすたび、乳首が彼の胸筋にこすれていっそうツンと屹立した。

「自分から胸をこすりつけて、気持ちよくなってるの？」

「ん、んっ、だって……」

「いいよ。もっと感じてる紬実さんを俺に見せて」

先ほどまで腰をつかんでいた彼の手が、背中を抱きしめている。

これ以上ないほど体を密着させ、敦大は容赦なく腰を打ちつけてきた。

「んぅうっ、ぁ、あ、あっ」

「奥まで当たるね、紬実さん」

「やめ……っ、ひ、ぁああ」

「ほら、もっと気持ちよくなって。イク顔いっぱい見せて」

「ん、っん、ぁ、ああ、奥、くるし……」

「苦しい？」

コクコクと頷《うなず》く紬実に、彼が甘やかに微笑んだ。

「気持ちよすぎて苦しいなんて、紬実さんはよくばりだね。そういうところもかわいい、よッ」

「ひ、うっ……！」

内臓を抉るような突き上げに、紬実は両腕を突っ張って上半身を反らそうとした。

しかし、背中を抱く敦大の腕がそれを許さない。

——中、ムリ。これ以上入らないのに。

「あ、んっ、ああ、あ、あっ」

「また逃げようとした。駄目だよ。俺はもう、紬実さんを逃がしてあげない」

「ちがっ、ん、イッ……てる、イッてるから、お願い、動かないでぇ……ッ！」

「イッてるのに、自分から腰振ってるんだ？　ははっ、かわいいね」

「やぁあっ……」

密着した下腹部に、飛沫がにじむ。

つながる部分はしとどに濡れ、隘路にたっぷりと凝《こご》った蜜が、敦大の劣情に撹拌《かくはん》されて押し出された。

「やめて、あっ、あ、あ、止まんないの、お願い、イキすぎて、おかしくなる……」

「おかしくなっても、大好きだよ」

「そうじゃ、なぁあ、あ、あっ……！」

突き上げられるたびに、達してしまう。

奥にめり込む亀頭が、ゴリゴリと子宮口を刺激していた。

「イク、またイクぅ……ッ」

紬実の奥深くで、敦大の鋒《きっさき》も鎌首を震わせる。

——敦大も、イッてるの……？

薄膜で遮られているはずなのに、中がじわりと熱くなった。

「一緒に……イッた、ね……」

は、はあ、と浅い呼吸を繰り返しながら、紬実は愛しい人に微笑んだ。

「紬実さん、今、終わったと思って油断してるね」

「え、……あ、あっ……⁉」

彼がたくましい腹筋で、紬実を貫いたまま上半身を起こした。

――つながったままで⁉

それにしても、敦大のツノがまったく衰《おとろ》えていない。

達した直後には、多少軽減するものだと思っていたけれど――

「ね、気づいてる？　俺の、まだ元気だって」

「う……」

彼に抱っこされた格好で、紬実は目を伏せる。

膝立ちで敦大の太腿を跨いだ格好だ。

彼の顔近くに胸が寄るのを、必死に腰を引いて防ぐ。

――でも、出したあとはゴムを換《か》えるのに一度抜くはずで……

「このまま、しようか」

「え、あ、ダメ、待って」

「嫌だよ。紬実さんはいつも待ってって言うけど、ほんとうは俺がほしいって気づいてた」

脚を突っ張り、彼から距離を取ろうとする紬実を、敦大がぐんと突き上げた。

「っっ……！　ひ、ぁあッ……」

「あー、もうかわいすぎて犯し尽くしそう」

「何、言って……」

「はい、紬実さんは俺の肩につかまって。いい子にしててね」

彼の手が、やわらかな臀部を両手でつかむ。

「あ、ああ、あっ……」

ゆさゆさと体を揺さぶられ、奥深く埋まった亀頭が紬実を追い詰める。

「何度でもイカせたくなるよ。ねえ、紬実さん」

「体力……っ、考え、て……っ」

「そっか。俺の体力って、人間とは違うんだよね。でも、紬実さんは俺の恋人だから許してくれるでしょ？」

――本気で、このまま続けるの？

「まだイケるよね。ここ、俺のに吸い付いて離してくれないよ？」

「やっ……あ、ああ、あっ、ダメ、イク、またイクからぁ……ッ」

「イッてよ。好きだから、見たいんだ」

ズチュズチュと、敦大の楔が紬実の中で抽挿する。

「好きだよ、紬実さん」

「ん、んっ……」

「俺のこと、好き……？」

「す、き、好き、好きだからぁ……ッ」

「じゃ、まだイケるね」

終わらない夜に、紬実は愛しい男の熱を体で受け止める。

逃げられない、快楽の檻《おり》の中。

達しても達しても、快感が全身を支配する。

「好きだよ。俺だけのものにしたい……」

「や、もぉ、お願い、お願いだから、許してぇ……！」

「絶対、許してあげない」

喘《あえ》ぐ唇をキスで奪って、彼はどうしようもないほど美しく笑った。

許さないで、と紬実は思う。

——このまま、ずっと許さないで。わたしを敦大だけのものにして。

ふたりきりの夜に、甘い打擲音が続く。

この上ない快楽に溺《おぼ》れて、ふたりはくちづけを交わした。

愛を、交わした。

・・・・・・・・・・・・・・・・・・

「みんな、少しいいか」

アミジックビバレッジの本社ビル、十四階。

いつもの広報部のオフィスで、いつもとは違う厳しい表情の部長が部全体に話があると言い出した。

先日の町岡の一件だろうと、誰もが予想している。

もちろん紬実も知っていた。

部長から直接、前もって話をされていたからだ。

「先日、キジマホールディングスの広報室室長である町岡氏のパワハラ問題について、人事労務担当部門にうちから相談を上げた」

おお、と部内から小さく声が響く。

前々から町岡の横暴には、広報部の皆が被害にあっていたのだ。

――やっぱり、敦大の反論が効いたのかな。

「その件で、話を聞かれることがあるかもしれない。できれば、皆が思う率直な意見を話してほしいと思っている。私はあのとき、すぐに声をあげられなかった。部下であるきみたちを守れなかったことを深く反省している。大変申し訳ない」

「部長のせいじゃありません」

「そうですよ。部長はいつだって、よくしてくれてるじゃないですか」

キジマ本社の広報室室長が相手では、広報部の部長だって気を遣うのは当然のことである。

それなのに、部下たちに頭を下げる部長は信頼できる上司だ。

「だが、それだけではなく、私が気づいていないだけで問題はあるのかもしれない。これを機に、ほかにも、相手が誰であれハラスメント行為を受けたと感じたことのある人は、聞き取り調査で相談をし、何か困っている場合はいつでも声をあげてほしいと思っている。それから、鬼島くん」

「はい」

自席に座ったまま、敦大がよく通る声で返事をした。

「きみの勇気には感服した。鬼島くんがホールディングスの社長令息だろうと、ここで一緒に仕事をしてきた同僚には変わらない。一方的にきみの家のことを言われて、不愉快だったろう。だが、今回のきみの行動が町岡氏のパワハラ問題にメスを入れるきっかけになった。ありがとう、これからも、活躍を期待しているよ」

「ありがとうございます」

誰からともなく、拍手が広がっていく。

「やっぱり鬼島くんはすごいよね」

「うん、勇気ある」

「そう思いませんか、西尾さん？」

急に話を振られて、紬実は目を瞬《しばたた》いた。

「え、あ、そうですね。すごいなと思います」

「ところで、鬼島くんと西尾さんってもしかしてつきあってたりします？」

「………」

完全に、硬直する。

今の流れのどこから、そういう話になったのだろう。

「前から鬼島くんって、西尾さんにだけすごく……あの、言い方アレですけど、懐いてるっていうか？」

「そうそう、ほかの子といるときと雰囲気《ふんいき》違うんだよね」

――敦大、こっち見てにやにやしないで！

おそらく、周囲の誰の目にも敦大はいつもの温厚な笑みを浮かべているように見えるだろう。

だが、さすがに紬実には少しわかってきた。

今は紬実がどう答えるかを楽しみにしている笑顔だ。おもしろがっているに違いない。

「……そ、れはわからないけど、一応おつきあいを」

「え！　やっぱり！」

「ってことは、キジマホールディングスの御曹司の恋人？」

「いや、そのあたりはあまり詳しく知らないので！」

「えーえーえー、どうやってつきあうことになったのか、今度教えてくださいよ」

「わたしも興味ある」

「俺も」

「わたしも」

どんどん周囲に人が集まってきて、紬実は無表情に動揺した。

こういうとき、かわいい困惑顔のひとつもできれば許してもらえるのかもしれない。

けれど、相変わらず紬実は「それなり」に感情を隠すのがうまかった。

「僕も詳しく聞きたいです、西尾さん」

笑顔のまま、輪の中に入ってきた敦大を見て、さらに心は混乱する。

きっと彼も今、紬実が動揺しているのを部内で唯一見抜いているのだろう。

――助け舟どころか、泥舟を沈めに来るってどういうことよ。

「……そのあたりは、秘密ということで。さあ、仕事仕事」

「えー、今度絶対ですよ」

「待ってます！」

話すだなんて言っていないのに、なぜか約束したような雰囲気にますます混迷を極めてきた気配を感じながら、紬実は皆に見えないようこっそりと敦大のすねを蹴《け》った。

「っっ……、何するんですか、西尾さん」

「あとで覚えておきやがれですよ、鬼島くん」

ふたりの恋は、前途洋々。

頬を引きつらせながら笑みを取り繕う紬実に、敦大は――

「夜にお返しするから覚悟しろよ」

そんな捨て台詞を残して、仕事に戻る。

後日、町岡はこれまでの悪事が明るみに出て、地方の支社に飛ばされることが決まった。

社内でハラスメント対策をより講じるために、キジマホールディングス全体で専門家を招いて大規模な検討会が行われた。

　そして、春から敦大はキジマ本社に新設されたハラスメント対策室に異動することになった。

・……━……・……━……・

　冬が去り、春が来て、その春もゴールデンウィークを過ぎたころには夏の気温に塗り替えられていく。

　ＪＲ市《いち》ヶ《が》谷《や》駅から徒歩六分の恋人のマンションで、土曜日の午後を過ごす紬実は頬を真っ赤にして敦大を睨みつけた。

「……本気？」

「本気だよ」

「こんな格好、恥ずかしいってば」

「紬実さんが言ったんだよ。俺のしたいことを教えてって」

　リビングのひとりがけソファに敦大が座っている。

　そして、その膝の上に紬実も座った格好だ。

　——下着姿に、アクセだけなんてヘンタイっぽいの、わかってる？

「こんなこと、したかったの？」

「うん。明日は、家族の顔合わせだからさ。その前に、たっぷり倒錯的なことをしてみたかったんだ」

「……それ、関係ある？　明日のこと、ほんとうに関係あるかな」

「あるよ」

背後から優しく抱きしめられて、心がせつなさに疼く。

明日は、敦大の父と義母と異母弟、さらに紬実の家族が集まって食事会を行う約束になっていた。

――結納の相談する前日に、こんなことをする理由なんてわたしにはわからない！

「ほんとうに紬実さんはかわいいね」

「……かわいくなんかない」

「かわいくないって自分で言うところもかわいいよ」

背後にいる敦大のひたいにツノが生えているかどうかは、紬実の位置からでは見えない。

「じゃあ、もう……」

「ああ、でも指輪の位置は間違ってるかな」

「え……？」

右手のリングがはずされ、左手の薬指にはめられる。さらに、真新しいリングが重ね付けされた。

「あの、待って、これって……」

「注文していた婚約指輪、やっと届いたから。予約完了だね」

先月、一緒に買いに行った指輪だ。

サイズが合わなくて、直してもらっていたのだけれど――

「予約って、結婚の？」

「んー、かわいい紬実さんの買収予約かな」

「……わたしを買うの？」

「いくら出したら、このかわいい人を俺だけのものにできる？」

肩口にキスしながら、敦大が問いかけてくる。

結婚するのに、それとは別に自分を買いたいだなんて、何を言い出すのだろう。

キジマホールディングスの社長御曹司なら、いくらだろうと金を準備してきそうで怖い。

「――お金じゃダメ」

「じゃあ、何がほしいの、紬実さん」

「そうね。鬼島くんの愛情をいっぱいくれたら考える」

彼のひたいにツノがにょきりと生えてくる。

けれど、そんなことどうでもよかった。

敦大が鬼だろうと、そうでなかろうと、彼を好きな気持ちは変わらない。

「だったら、もう紬実さんは俺のものかもしれない」

「え」

「俺の愛情を全部注いだら、ここ、大変なことになっちゃうよ？」

そっと下腹部を撫でる敦大が、耳元で小さく笑う。

「……そういう意味じゃ、」

ない、と言いかけて紬実は言葉を呑み込んだ。

——ほんとうに？

心の中で自問する。

「そういう意味でも、あるかなあ」

「俺のこと誘うのがうまくなったね、紬実さん」

「あ、待って、ちょっと、今じゃなくて、今じゃなくて……っ」

「今も明日も明後日も来年も十年後も愛してるよ。いただきます、俺の愛する人」

大好きな『鬼島くん』においしく食べられる紬実の幸福な日々は、終わりを知らない。

たぶんこれは「それなり」ではない恋の話。

かつて「それなり」だった紬実が、特別な人と出会って恋をして愛を深めて、「それなり」どころではない幸福に満たされる、そんな人生を今日も生きている。

「鬼島くんに食べられるなら、本望だよ？」

「これからも毎晩、おいしくいただきます」

番外編　鬼島くんと鬼島さん

十二月は、あまり好きではなかった。

今も冬は苦手だし、会社の忘年会は相変わらず面倒だ。そこに変化はない。

――だけど、クリスマスは少し好きになったかな。

結婚して一カ月。

入籍はいい夫婦の日だった。

披露宴も終え、新婚旅行は四泊五日で南の島へ行ってきた。

新居での生活には慣れてきたけれど、鬼島《きじま》紬実《つぐみ》という名前にはまだまだ慣れそうにない。

会社では旧姓のままなので、そもそも呼ばれる機会が少ないのだ。

「紬実さん、何してるの？」

「え、ちょっとクローゼットの整理を」

「引っ越したばかりで、何を片付けるんだ……？」

湯上がりの彼の疑問もそのはず。ふたりがこのマンションに引っ越してから、まだ一カ月しか経たない。

新居のクローゼットは、引っ越しのときにきれいに衣類をしまい込んだので、特に整理の必要はなかった。

新婚のふたりにとって金曜の夜は、約束された愛情の交換会。つまりそういう夜である。

「あー、そうか。紬実さん、まだ俺に慣れないんだ？」

フローリングに座り込む紬実の背後から、彼がしゃがみ込んで抱きついてきた。

「そうじゃないけど。……敦大《あつひろ》、あったかいね」

「湯上がりですから」

彼は紬実の両脇に手を入れて立たせると、軽々と抱き上げてベッドへ運ぶ。

先にバスルームを使った紬実の体は、少し冷えはじめていた。

「紬実さんは、手足が冷えやすいよね。もう冷たくなってる」

「末端冷え性だからかな」

「でも、感じるとすぐ熱くなるのも知ってるよ」

「……それは、敦大だって」

そっと手を伸ばして、彼のひたいに触れてみた。

指先に、かすかな尖《とが》りを感じる。ツノの先端が、早くもかたちを成していた。

ツノは、鬼にとって性感帯だ。

そこに触れるのがどういう意味を持つか、わからないわけではない。

「紬実さんって、俺のツノ好きだよね」

「うん。わたしだけが触れられる、特別な感じがする」

だが、それだけではなく触感が愛しい。普段は姿もかたちもないのに、彼が感情を昂《たか》ぶらせたり、性的に興奮したりすると生えてくるのだ。

「……俺も、そうかも」

「え？」

「紬実さんだけが、俺のツノに触れる。それがちょっとクセになってきた。触れられると、やばいくらい興奮するよ」

ふたつの唇が重なって、彼の舌先が紬実の口腔を甘く弄《まさぐ》る。

「ん……、ぅ……」

吐息がいつもより熱いのは、敦大が湯上がりのせいだろうか。

——呼気が、甘い。

体の奥から、ぞくりと湧き上がってくる予感に目を閉じる。

「紬実さん、甘い香りがする」

「わたし？」

——敦大のキスが甘いんじゃないの？

目を開けて、彼を見上げた。

天井の照明を受けて、彼の輪郭が光っている。

先ほどよりも伸びたツノの赤い先端が、光の中で艶《なま》めかしさを増した。

ああ、きれい、と紬実は思う。

敦大はきれいだ。もともと整った顔立ちだということもあるけれど、最近とみに美しいと思うことが多くなった。

「敦大のキスが、甘いの」

「紬実さんだよ」

「うーん……？」

もう一度くちづけを交わして、ふたりは小さく笑い合った。

たぶん今、同じ気持ちなのだろう。

甘いのがどちらでも、キスしてしまえば同じこと。

「紬実さんがほしい」

「……うん、わたしも」

抱き合う体が、しっくりと重なる。

甘く淫《みだ》らな夜は、新婚のふたりを快楽の渦に溶かしていく。


——金曜、土曜、日曜。三日連続だ。

日曜日の夜、汗ばんだ体のまま、紬実は敦大の横顔を見つめる。

「どうしたの、紬実さん。足りなかった？」

「ち、がう。むしろ、しすぎだって思ってたの」

「そう？」

「そうよ。こんなに毎晩しなくてもいいと思う」

「仕方ないよ。鬼と結婚しちゃったんだから諦めて？」

にっこりと笑う彼は、今もまだツノが生えたままだ。

つまり、もう一回戦もしくは二回戦延長の可能性がある。

――鬼だから精力絶倫……

だけど、彼を好きで結婚したのだ。鬼だからではないけれど、鬼化できるところも彼の個性のひとつだと今は受け止めている。

「鬼だから性欲旺盛なんて言ってるけど、ほんとうは敦大が特別そうってだけなんじゃない？」

そう言った紬実に、敦大がのしかかってきた。

汗で濡《ぬ》れた前髪がひたいに張りついている。

「仕方ないよ。俺と結婚しちゃったんだから諦めて？」

「～～～っっ、それは、諦めるしかない、かなあ……」

「紬実さんは相変わらずかわいいね。きっと十年後も二十年後もかわいいんだろうな」

脚の間《あわい》を、先ほど放たれたものが、つうと流れて垂れてきた。

「俺ね、紬実さんのその表情好き」

「え、その表情って？」

耳元に、敦大が顔を寄せてくる。

吐息が後れ毛をくすぐり、首筋が甘く粟立《あわだ》った。

「俺に出されたのが垂れてきて、ビクッとする紬実さんの表情だよ」

低くかすれた声に体が跳《は》ねる。

――何、言って……

反論の余裕も与えず、まだ白濁《はくだく》の残る隘路に彼が雄槍を埋め込んでくる。

「や、ぁ……ッ、まだ……」

「まだ終わってないの、知ってるだろ？」

収まらない情欲を猛《たけ》るツノで表して、敦大が腰を打ちつけた。

どちゅん、と体の奥深いところに熱が当たる。

達して間もない粘膜が、彼の楔《くさび》をきゅうと食いしめてしまう。

蜜口から深奥にかけて、隘路がせつなく蠕動《ぜんどう》する。

そうすると、敦大が動いていなくても体が彼に突き上げられたような感覚を覚えた。

「紬実さんの中が、俺のこと誘ってくれてるのわかるよ」

「んっ……、奥、すごい、の。おっきい……」

「もっと奥まで、紬実さんを感じさせて」

上半身を密着させたまま、彼が腰を揺らす。

腹筋で下腹部を押されるのに、紬実は弱い。肌の上から彼の先端が食い込む子宮口を圧迫される。

「あ、あっ……！　中、やあ、んっ」

「嫌なの？　俺はこんなに気持ちいいのに」

イジワルな笑みを浮かべて、敦大がぐりっと腰を回した。亀頭を子宮口に押しつけたままで体の内側を攪拌《かくはん》される。

腰が内側から溶かされるほどの快楽に、脳まで侵されて。

「ダメ、イッちゃう、イク、イ……っクぅぅ……！」

ビクビクと全身がシーツの海で跳ねる。

痙攣するのは体の外だけではない。敦大を受け入れる蜜路も、打ち震えていた。

「ああ、もうイッてくれたんだ？　でも、まだ休まないでよ」

「待っ……、ぁ、あっ、やだぁ……ッ」

ベッドの上に両手をつき、彼が上半身を起こす。

――これ、ダメなやつ。この角度で突き上げられたら……！

「あつひ、っ……あ、ああ、あっ」

熱《いき》り立つものがゴツゴツと最奥を追い立ててくる。

どうしようもないほどの悦楽《えつらく》に、紬実は白い喉を反らして泣きそうな喘《あえ》ぎ声をもらした。

蜜音と打擲音《ちょうちゃくおん》が寝室に満ちていき、ふたりのつながる部分からどちらのものかわからない体液がシーツにこぼれて染みを作った。

「紬実さん、子ども作ろう。いっぱいセックスして、気持ちよくなって、妊娠してね」

「も……っ、ぁ、ああ、もお、ムリ、待ってぇ……」

「うん。俺がイクまで何度もイッていいから。我慢しないで感じてよ」

「や、ああぁ、あっ……！」


十二月は、好きじゃなかった。どちらかというと嫌いに近かった。

だけど、それはかつての紬実の話で。

——今は、十二月も嫌いじゃない。敦大といられる冬は、幸せだって知ったから。


ふたりきりのクリスマスは、交際中の一回と新婚の一回。合計二回で終わってしまった。

翌年の冬には、鬼島家は三人家族になる。

鬼島くんと、鬼島さんと、長男の雪大《ゆきひろ》と。

幸福はどこまでも続く。続いていく。降り積もる雪のように、終わりは誰にもわからない——

あとがき

ナイトスターブックス、一周年おめでとうございます＆ご購入ありがとうございます。

作者の麻生ミカリと申します。はじめましての方もお久しぶりの方も、なにとぞよろしくお願いします。

このたびは『鬼島くんに食べられたい』をお手にとっていただき、まことにありがとうございます！　前作に引き続き、たいへん攻めたカバーイラストの本書です。

今回は、内容もちょい攻めくらいになっているかなと思います。カバーイラストからおわかりかと思いますが、ヒーローの鬼島くんは鬼です！

相変わらず、元気いっぱいのお話になっています。人外ヒーロー、大好物です。

当初は『鬼の鬼島くん』を書こうと走り始めた企画でしたが、最終的にはどちらかというと『鬼化能力のある人間の鬼島くん』に着地していますね。もっと鬼らしさをお求めだった場合、ちょっと物足りない可能性も。

彼を鬼として扱うか、人として扱うか。書いていたわたしもだいぶ迷いました。主人公の紬実が「鬼島くんは鬼になれるだけで人間！」という結論を出したため、そちらに舵を切った感じです。

鬼化できる人間のいる世界観、今回本編に書いた以外にもけっこう設定をしっかり考えていたので、機会があったらまた書きたいです。よろしくお願いします！

魅力的な鬼島くんの表紙イラストを描いてくださった、れの子先生。

実は今回のお話はれの子先生にイラストをお願いできると決まってから「だったら鬼だ！」とヒーローの設定を決定しました。（ギリギリまでケモミミヒーローも悩みました！）

初めてお仕事をご一緒させていただいたのですが、色気と情感あふれるイラストに心を鷲掴みにされています。

最高に魅力的な鬼島くんと、大人かわいい紬実をありがとうございました。

最後になりますが、この本を読んでくださったあなたに最大級の感謝を込めて。

去年に引き続き、十二月のクリスマス時期に発売となります。年末年始のお休みに、忙しい毎日の箸休め的な存在になれたら光栄です。

またどこかでお会いできる日を願って。それでは。

Thank you 2022-2023　麻生ミカリ

鬼島くんに食べられたい

2023年1月26日 初版発行

著者　麻生ミカリ（あそう・みかり）
イラスト　れの子（れのこ）

編集　J's パブリッシング／新紀元社編集部
デザイン　秋山美保
DTP　株式会社明昌堂

発行者　福本皇祐
発行所　株式会社新紀元社
〒101-0054　東京都千代田区神田錦町1-7　錦町一丁目ビル2F
TEL 03-3219-0921 ／ FAX 03-3219-0922
http://www.shinkigensha.co.jp/
郵便振替　00110-4-27618

印刷・製本　中央精版印刷株式会社

ISBN978-4-7753-2071-6